Tirya
Le pharaon de l’ombre

ISBN : 2-08-161357-3

ALAIN SURGET

TIRYA

Le pharaon de l'ombre

Flammarion

LE MONDE ANTIQUE AU TEMPS DE TIRYA

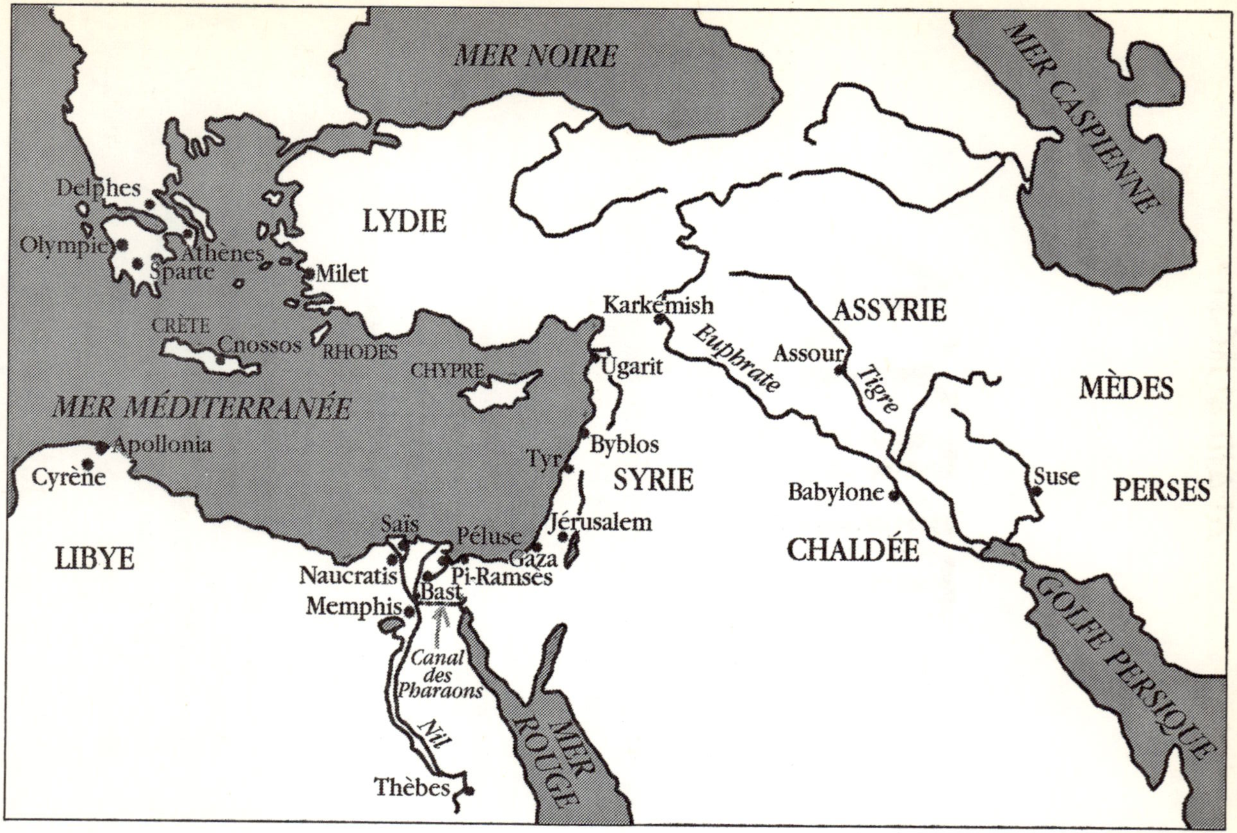

Les personnages

Amasis : Pharaon.
Tirya : fille d'Amasis et de Ténet décédée.
Apriès : ancien Pharaon.
Tahoser : fille légitime d'Apriès.
Ninétis : demi-sœur de Tahoser, fille d'Apriès et d'une concubine.
Sehouna : gamine du palais de Saïs, amie de Tirya et d'Hermès.
Ménélas : chef de la garde personnelle d'Amasis, et commandant des Hommes de Bronze.
Pnoum : grand prêtre de Neith.
Kay : prêtre de Neith.
Reza : officier de sécurité d'Amasis.
Ousert : Grand Échanson.
Kendjer : commandant de l'infanterie égyptienne.
Negeb : chef de la Maison des Grains.
Hermès : ami grec de Tirya.
Lysias : père d'Hermès, fabricant de faïences à Naucratis.
Despina : épouse de Lysias et mère d'Hermès.
Battos l'Heureux : roi de Cyrène.
Arcélisas le Dur : fils aîné de Battos l'Heureux.
Battos le Jeune : fils cadet de Battos l'Heureux.
Nabuchodonosor : roi de Babylonie.
Amyitis : épouse de Nabuchodonosor.

Amaël-Marduk : fils de Nabuchodonosor et d'Amyitis.

Moloch : avaleur d'ombres et homme de main de Nabuchodonosor.

Saïs, dans le Delta du Nil,
à l'avènement d'Amasis
(568 avant J.-C.)

I

PAROLES DU MATIN

Tirya et son père, Amasis, remontaient les couloirs du palais. À chaque fois qu'ils passaient devant un garde, l'homme redressait sa position et se tenait raide, la lance bien droite. Après quoi le factionnaire se relâchait et s'appuyait nonchalamment sur son arme.

— Tu as besoin de tant de gardes dans le palais ? s'étonna Tirya.

— Depuis que l'armée m'a choisi pour être Pharaon à la place d'Apriès[1], un coup de poignard dans le dos est toujours possible. Bien que prisonnier à Memphis, l'ancien monarque compte encore beaucoup de partisans, même dans ce palais.

— Tu as confiance dans ces anciens gardes d'Apriès ?

— Ménélas les contrôle. Il a doublé leur effectif en y incorporant des Hommes de Bronze, ce qui fait qu'il y a autant de mercenaires grecs que de sentinelles égyptiennes.

— Ce palais m'a l'air d'un véritable nid de serpents, frémit Tirya. Renvoie donc les hommes qui ne te donnent pas satisfaction !

1. Voir *Le Complot du Nil.*

— Je ne peux rien décider avant mon couronnement. Pour lors, je suis toujours le général des Hommes de Bronze, bien que certains princes m'appellent déjà l'usurpateur.

— Laisse-les s'user en vaines paroles. Ils comprendront bien vite que tu es d'une autre trempe qu'Apriès, et ils t'assureront alors de leur fidélité.

— Puisses-tu dire vrai !

— À nous deux, nous rendrons à l'Égypte sa grandeur passée, assura Tirya.

— À nous deux ? s'étonna Amasis. Tu as été formidable en déjouant le complot de Saïs, mais c'est sur mes épaules que repose désormais le destin de l'Égypte.

Tirya pila net.

— Quoi ? Tu veux me confiner dans une vie de princesse insouciante ?

— Il y a de beaux jardins au palais, dit Amasis en répondant au salut d'un groupe de scribes, tu pourras t'y détendre à l'aise.

La jeune fille courut derrière son père et lança avec force gestes :

— Les oies y mènent grand tapage, les singes ont l'habitude de jeter des figues pourries sur les promeneurs, les serpents se chauffent sur la margelle des puits.

— Les bassins sont agréables, il fait bon s'y baigner.

— Je ne suis pas Ninétis ni Tahoser — les deux filles d'Apriès —, ni l'une de leurs grenouilles de compagnie. Je ne vais pas user mes journées à nageoter parmi les nénuphars, à papoter de tout et de rien avec les filles des dignitaires, à me faire pincer les fesses par une masseuse maladroite.

— Apprends à danser, à jouer de la flûte.

— Je sais très bien danser ! riposta Tirya.

— Je veux parler des danses sacrées, précisa Amasis en se dirigeant vers l'aile droite du palais.

Tirya contourna un pilier, se planta devant son père.

— Parce que tu as l'intention de m'enfermer dans un temple ? De faire de moi une adoratrice d'Amon, d'Osiris ou de Neith ?

— Non, la rassura Amasis, j'ai pour toi d'autres visées.

La jeune fille se mit à virevolter, légère comme un vent de printemps.

— Je serai ta confidente, ta conseillère, ton ministre.

Amasis sourit.

— Tu aspires peut-être à t'asseoir sur le trône à ma place ?

Tirya le prit sur le ton de la plaisanterie.

— Pourquoi pas ? répondit-elle. Il y a déjà eu des femmes Pharaon. Le monde ne s'en est pas porté plus mal.

Amasis embrassa Tirya sur le front.

— Reste telle que tu es, ma fille. Il serait dommage que les soucis gâtent l'éclat de tes yeux.

— Mais je veux t'aider, insista-t-elle.

— Montre-toi aimable avec le fils du roi de Cyrène lorsqu'il sera présent, et j'estimerai que tu m'aides beaucoup.

— Hermès prétend qu'il ressemble à un babouin.

Amasis partit d'un grand rire.

— Hermès est jaloux ; je suis certain qu'il ne l'a

jamais vu. Tiens, voilà ton ami justement. Il sera passé par les jardins.

— Sans lui, le cours des choses aurait été différent, rappela Tirya. Le maire de Thèbes m'aurait gardée prisonnière, et Apriès aurait fait pression sur toi pour obtenir ta reddition. Tu dois en partie ton trône à Hermès.

— Je n'ai pas oublié son rôle dans cette affaire. Ses parents et lui sont bien sûr invités à mon couronnement. Et à la place d'honneur ! Ne t'attarde pas, ajouta Amasis, Pnoum, le grand prêtre, nous attend pour mettre en place le cérémonial.

L'homme accueillit chaleureusement Hermès puis, laissant les deux jeunes gens, il pénétra dans la salle où Pnoum et d'autres prêtres étaient déjà assemblés.

Tirya sauta au cou de son ami et l'entraîna vers le jardin.

Des jardiniers tiraient l'eau d'un puits au moyen d'un chadouf avant de se disperser dans les allées, deux lourdes cruches suspendues à une perche en travers des épaules. Les uns s'occupaient d'arroser les parterres rectangulaires plantés de coquelicots, de chrysanthèmes, de bleuets, d'iris et de jasmins. Les autres entretenaient des haies de tamaris, de mimosas, de grenadiers et d'hibiscus, ou nettoyaient des bordures de rosiers, de lis et de jacinthes. D'autres encore travaillaient dans le potager séparé du jardin d'agrément par une double rangée de sycomores.

Tirya et Hermès choisirent un endroit retiré du

jardin, au pied d'une pergola qui supportait de lourdes grappes de raisin.

— Je ne peux pas rester très longtemps, annonça la jeune fille en s'asseyant sur un banc, je dois apprendre chaque geste de la cérémonie du couronnement. Il n'est pas question que je me trompe.

— C'est sûr, admit Hermès qui s'assit à son tour.

— Je veux être la plus belle ce jour-là. J'ai une revanche à prendre sur toutes ces filles qui roucoulaient autour de Tahoser et prenaient son parti contre moi. Maintenant, c'est à celle qui m'adressera son sourire le plus mielleux, mais je les sens prêtes à cacher un serpent sous les pétales de roses.

— Je comprends, souffla Hermès.

— Ça me fait quelque chose, tu sais, de devenir une princesse. C'est comme si j'avais brusquement des ailes. Ça me fait tout drôle tant de bonheur d'un coup !

— Moi, ça me fait peur.

Tirya se tut, surprise par la remarque de son ami. Elle ancra ses yeux dans les siens, attendant une explication.

— Tu portes toujours le scarabée de Néfertari autour du cou, constata Hermès.

Elle posa la main sur son amulette.

— Oui, dit-elle sur un ton d'évidence. Je le conserve en souvenir de notre aventure.

— Puisse-t-il te conserver telle que tu étais.

— Je ne comprends pas.

— Tu seras bientôt l'héritière du trône d'Égypte, puisque tu es fille unique.

— Maman est morte depuis deux ans, souligna

Tirya d'une voix triste, je n'aurai plus de frère, c'est vrai.

— Quand tu seras entourée par la Cour, que les princes de Thèbes ou d'ailleurs s'inclineront devant ton père et toi, quand tu parleras d'égal à égal avec les rois, auras-tu encore un regard pour le fils d'un fabricant de faïences ? D'autre part, tu es égyptienne et je suis grec. J'ai peur que trop de choses nous séparent.

Tirya passa son bras autour du cou d'Hermès.

— Tu t'imagines que je vais t'oublier ? Tu m'as sauvé la vie dans les jardins de Thèbes. Tu resteras toujours mon ami...

Il y eut un silence, à peine froissé par le battement d'ailes d'une aigrette blanche s'envolant du bord d'un bassin. Hermès avait les yeux fixés sur un héron cendré qui, dans l'eau jusqu'à mi-pattes, guettait le poisson entre les nénuphars. Il poussa un gros soupir.

— C'est bien mon amitié que tu veux, non ? reprit Tirya.

Le jeune homme tardant à répondre, elle posa sa tête sur son épaule, à la naissance du cou. Hermès frémit d'aise ; il ferma les yeux, se laissa envahir par un doux picotement.

— Alors ? redemanda Tirya d'une voix câline.

— Oui... oui... balbutia le jeune homme.

Tirya grommela de dépit. Elle souhaitait qu'il s'engage plus. « Tête de pierre, je t'obligerai bien à avouer que tu m'aimes. » Elle s'appuya plus fort contre lui.

— L'aventure t'a transformé en homme. Tes parents doivent être fiers de toi.

— Oui, dit Hermès. Mon père a enfin abandonné l'idée de m'employer dans sa fabrique de faïence. Il me voit déjà ambassadeur de la Grèce en Égypte.

Tirya sourit.

— Te voilà donc presque prince, murmura-t-elle.

Elle sentit enfin la main de son ami effleurer sa hanche, la prendre par la taille. « Peut-être ? » pensa-t-elle. À ce moment un tourbillon de cris assourdit l'air. Hermès sursauta.

— Une bête attaque la volière !

— Ce sont les oies, rectifia Tirya. Un singe a dû s'élancer au milieu du troupeau. À moins que ce ne soit Sehouna.

C'était Sehouna, en effet ! La gamine venait chercher Tirya. Comme à son habitude, elle n'avait pu résister au plaisir d'effrayer les oies qui s'enfuyaient par les allées avec des cacardements de protestation.

— Ton père et Pnoum t'attendent, annonça Sehouna. Tu devrais te dépêcher. Ne t'en fais pas pour ton ami, je vais lui tenir compagnie.

— Je te fais confiance pour cela, marmonna Tirya en se levant. À propos, tes parents et toi êtes invités à la cérémonie, ajouta-t-elle en s'adressant à Hermès.

— Ma mère va retourner toute la maison pour trouver un chiton[2] convenable, souligna le jeune homme. Les servantes n'ont pas fini de courir.

Comme Tirya repartait, Sehouna s'installa sur le banc et s'accrocha au bras d'Hermès.

— Moi, je danserai au cours du repas, déclara la fillette. Ce sera la première fois. J'espère que les

2. Tunique sans manche, cousue d'un seul côté et fixée sur les épaules par des agrafes.

musiciennes ne se tromperont pas, parce que mes pas suivent exactement la mesure de la flûte.

— Je n'aurai d'yeux que pour toi, promit Hermès en lui déposant un baiser sur le front.

— Ce serait bien si tu devenais Pharaon après Amasis...

La phrase arracha au jeune Grec une exclamation de stupeur.

— Comme ça, tu me prendrais pour ta seconde épouse derrière Tirya, acheva la petite d'un ton très naturel.

Hermès regarda dans la direction de Tirya. La jeune fille était trop loin pour avoir entendu.

— C'est une idée, reconnut-il. Je te nommerai Grande Gardienne des Oies. Au moins, tu sauras te rendre utile.

Sehouna le lâcha, baissa la tête et eut une mine dégoûtée.

— Alors je préfère rester danseuse, marmonna-t-elle en battant des pieds.

2

LE TUEUR DU PALAIS

L'ombre sortit d'une taverne de Pérounefer, le grand port de Memphis. C'était celle d'un homme grand, aux larges épaules, à la barbe tressée selon la mode assyrienne. Elle se découpa sur le mur qui bordait une ruelle, rougi par les lueurs échappées d'un tripot, puis elle se fondit dans la nuit.

La silhouette se hâtait. Elle évita cependant de remonter par la grande avenue qui fendait la ville en deux et séparait les secteurs hébreux, syriens et phéniciens des quartiers égyptiens regroupés autour du palais et du sanctuaire de Ptah. Elle préféra les venelles tortueuses, à peine éclairées de lune, qui serpentaient entre les maisons des tanneurs bâties à fleur de canal. Il y flottait une odeur âcre, lourde et persistante de graisse d'alun[1] et de cuir, un peu écœurante, que le vent du nord n'arrivait pas à chasser tant les pierres et la terre en étaient imprégnées.

L'ombre croisa un groupe d'hommes en train de bavarder devant le seuil éclairé d'une maison. L'un d'eux lui décocha un regard soupçonneux et, tout en écoutant d'une oreille ses compagnons, il ne lâcha

1. Sulfate double de potassium et d'aluminium dans lequel on fait baigner les peaux avant de les tendre et de les marteler.

pas l'ombre des yeux. Ce n'est que lorsqu'elle se fut éloignée de la zone de lumière qu'il déclara :

— Je n'ai jamais vu cette figure par ici. Et vous ?

Les autres eurent des mimiques pour exprimer qu'ils n'en savaient rien.

— On aurait dit un Chaldéen[2], renchérit l'homme.

— Qu'est-ce qu'il ferait à Memphis ? objecta un gaillard chauve, avec un haussement d'épaules. Nabuchodonosor s'est emparé de la Phénicie et de Canaan, pas de l'Égypte.

— On raconte qu'il masse son armée au sud de Jérusalem. L'ombre qui vient de passer pourrait bien être un espion du roi de Babylone. Peut-être a-t-il l'intention de nous attaquer ?

Les hommes eurent des moues sceptiques, l'un d'eux laissa traîner un « boooh ! » dubitatif, puis ils reprirent leur discussion interrompue. La défense du pays n'était pas leur affaire.

L'inconnu à la barbe tressée suivit un dédale de rues, rasant les façades pour ne pas se faire remarquer par les gens qui goûtaient le frais sur leurs terrasses. Un chien aboya après lui, mais son maître le ramena au silence par un formidable coup de gueule. Il passa derrière le temple de Neith, longea l'enceinte qui ceinturait le fort de Kôm Teman, l'ancienne caserne royale qui abritait désormais une petite garnison chargée d'assurer la sécurité de la ville.

Le mur, flanqué de hautes tours rectangulaires, se poursuivait jusqu'au palais. L'homme le contourna, se dirigea vers les jardins. Les palmiers qui fran-

2. Terme général pour désigner un habitant de la Babylonie.

geaient auparavant la muraille, à l'intérieur comme à l'extérieur, avaient été coupés afin d'empêcher toute intrusion ou toute fuite en escaladant leurs troncs. Il s'arrêta devant une petite porte en bois massif qui servait au passage des jardiniers. Il la poussa. La porte pivota sur ses charnières, sans un bruit. La silhouette s'engouffra sous la poterne qui traversait l'enceinte et se retrouva derrière une haie d'hibiscus. « Les renseignements fournis sont exacts. La porte a été débâclée, les gonds huilés, et il n'y a pas de gardes dans le jardin. Il me reste à atteindre la terrasse. »

L'homme s'approcha de la bâtisse en marchant sur les massifs de fleurs pour étouffer le bruit de ses pas. Le palais ne dormait pas encore, et des silhouettes se profilaient devant les fenêtres illuminées par des lampes à huile. Il étudia les fenêtres qui donnaient sur l'immense terrasse. Certaines étaient à claustras, d'autres simplement fermées par des rideaux constitués de lamelles de feuilles de papyrus. Il repéra la troisième en partant de la gauche. « C'est celle-là ! »

Pouf! L'homme eut soudain un hoquet de suffocation et tomba sur les genoux. Un babouin venait de se laisser choir sur ses épaules ! Il roula sur le sol, tentant de se débarrasser de l'animal avant qu'il ne lui plante ses crocs terribles dans la nuque. En effet, cramponné aux cheveux de l'individu, ses griffes labourant sa chair à travers les vêtements, le singe cherchait à mordre. Il lui emporta la moitié de l'oreille droite, mais l'homme le saisit par le cou, l'arracha de sa prise et lui écrasa la gueule sur le sol pour étouffer ses cris. Le singe se débattit. Un coup de poignard entre les côtes brisa sa résistance. Un second, porté dans le dos, trancha net l'échine de la bête. L'homme jeta le corps au pied d'un arbuste, pressa un morceau d'étoffe contre son oreille blessée pour absorber l'écoulement de sang et écouta la nuit. Un éclat de rire lui parvint d'une des pièces, mais point d'appels, de cancans d'oies, ni de bruits de course dans les allées. Rassuré, il poursuivit sa progression jusque sous la terrasse. Là, il grimpa sur un lion de pierre datant de l'époque de Ramsès II, se hissa au niveau de la rambarde qu'il enjamba et se dirigea vers la troisième fenêtre, devant laquelle pendait un rideau de papyrus. La porte qui séparait la terrasse de la pièce était fermée. Conformément aux ordres reçus, l'inconnu s'accroupit sous la fenêtre et, l'arme à la main, il attendit.

Tahoser, la fille aînée d'Apriès, souffla de dépit : des trois robes étalées sur son lit, elle ne savait vraiment pas laquelle choisir pour participer, le lendemain, à une procession dans le temple de Ptah. Bien qu'ayant consigné la famille de l'ancien Pharaon au palais, Amasis lui avait néanmoins permis d'honorer les dieux, à condition de ne pas franchir les limites du sanctuaire. D'ailleurs une escouade de soldats surveillerait les abords du temple durant la cérémonie.

— Essayez-les, suggéra Mahi, la servante debout à côté d'elle. Vous verrez bien comment elles...

La jeune femme ne put en dire plus. Tahoser avait saisi sa mâchoire entre ses doigts et la serrait au point de lui déformer la bouche.

— Quand tu t'adresses à moi, tu dis princesse et tu baisses la tête, compris !

— Ahi !... in... esse...

— Compris ? rauqua Tahoser en imprimant ses ongles dans les joues de la servante.

Mahi battit des paupières en signe d'acquiescement. Tahoser la repoussa.

— L'usurpateur n'a pas encore reçu la double couronne des mains des dieux, cracha-t-elle. Mon père est toujours le Maître des Deux Terres, et moi son héritière ! C'est dans nos veines que coule le sang divin. Amasis et Tirya sont pétris de la vase du Nil, de bave de crocodile et de fiente de canard. L'Égypte s'apprête à se donner un nouveau Pharaon, mais elle le regrettera. Aussi, n'enterre pas trop vite le respect que tu me dois !

Mahi s'inclina devant Tahoser. Elle garda la pose, redoutant la colère de sa maîtresse. Tahoser l'ignora et reporta son attention sur les vêtements : une robe moulante en lin, d'un blanc immaculé, retenue par des bretelles ; une tunique transparente, plus ample, avec une manche gauche très longue et plissée ayant l'aspect d'une aile d'ibis ; enfin une robe à nouer sous la poitrine, décorée d'une résille dont les motifs polychromes imitaient le plumage d'un oiseau.

— Ton avis ? demanda Tahoser d'un ton sec.

Mahi se redressa.

— Porterez-vous un manteau léger garni de franges ou une résille en perles de couleurs, princesse ?

— Je veux mettre mon corps en valeur. Que les regards s'attardent plus sur moi que sur la statue du dieu !

— La robe transparente et plissée me paraît...

— Tu n'es pas sotte, la coupa Tahoser, mais je veux voir l'effet qu'elle produit une fois portée.

La servante s'empressa de sortir un miroir d'un coffre.

— Je ne verrai que mon visage là-dedans, grogna la fille d'Apriès. Passe donc ce vêtement, que je juge par moi-même.

Mahi n'en crut pas ses oreilles.

— Que j'enfile votre habit, princesse ?

— Es-tu sourde ?

— Non... non... balbutia la jeune femme en retirant sa modeste robe blanche.

Elle se para de la tunique plissée, arrangea la manche sur son épaule gauche, laissant nus l'épaule et le bras droits. Tahoser lui attacha un collier d'or autour du cou, orna ses poignets de bracelets de cornaline. Elle suspendit à ses oreilles deux boucles d'argent serties d'un scarabée en lapis-lazuli, elle la coiffa d'une perruque piquée d'une fleur de lotus puis elle la chaussa de délicates sandales en cuir tressé.

— Marche dans la pièce ! ordonna-t-elle.

Mahi s'exécuta, passant et repassant devant sa maîtresse qui l'étudiait.

— Comment te sens-tu ? demanda Tahoser en l'arrêtant d'un geste.

— La tunique est si légère que je crois être habillée de vent, répondit la servante.

Tahoser se campa devant elle.

— Tes yeux brillent. Réveille-toi, tu n'es ni un phénix[3] ni un rayon de Râ. Tu vas retrouver très vite ton lin grossier et tes cheveux raides. Mon choix est

3. Oiseau fabuleux attaché au culte du Soleil, qui vit plusieurs siècles et qui, lorsqu'il sent sa fin venir, construit un nid, y met le feu, se consume dans les flammes, et renaît de ses cendres.

fixé. Si cette tunique t'embellit au point de te rendre gracieuse, elle fera de moi l'égal d'une déesse. Je vais la revêtir à mon tour, et tu ajusteras la manche que je trouve un peu trop flottante.

L'homme rageait : son oreille déchirée lui causait une souffrance atroce, et l'affût commençait à lui peser. Son commanditaire s'était peut-être trompé : la personne à assassiner pouvait se trouver ailleurs que dans cette pièce...

Les bandes de papyrus bougèrent devant la fenêtre. Ramassé sur lui-même, l'homme retint sa respiration et affermit le poignard dans sa main. Le rideau glissa sur sa tringle de bois. Une femme se pencha pour respirer l'air de la nuit. Alors l'inconnu attrapa la manche de lin fin qui pendait le long du bras gauche, la tira fermement à lui. La jeune femme bascula sur la terrasse en poussant un petit cri. L'assassin enfonça sa lame dans la poitrine, puis il s'attaqua à la gorge et au visage, frappant et frappant pour épuiser la fureur qu'avait fait naître la douleur lancinante de son oreille. Il ne s'arrêta que lorsque l'arme échappa à ses mains poisseuses. Il retourna le cadavre du pied : la tunique était collée au corps, rouge de sang. Le meurtrier s'empara alors du collier d'or et arracha les boucles d'oreilles. Il jeta un bref coup d'œil par la fenêtre : personne, deux robes dépliées sur un lit, des coffres richement décorés. Il y avait sans doute encore quelque bijou à dérober dans la chambre, mais la prudence conseillait de s'enfuir. Il sauta de la terrasse, se coula derrière une rangée de sycomores.

L'homme atteignit la poterne quand une servante, entrée dans la pièce et s'étant approchée de la fenêtre pour regarder au-dehors, poussa un hurlement terrible, lançant l'alarme.

— On a tué la princesse Tahoser ! On a tué la princesse Tahoser !

L'ombre s'éloigna du palais et s'empressa de disparaître dans le labyrinthe des rues.

3

LE FILS DE LA LUMIÈRE

La nouvelle de l'assassinat de Tahoser se répandit très vite dans le Delta. La rumeur, savamment distillée par les partisans d'Apriès, ne tarda pas à prétendre que le meurtrier avait agi sur les ordres d'Amasis, qui cherchait à éteindre la lignée de son prédécesseur.

Tandis que Tahoser était livrée aux mains des embaumeurs, la ville de Saïs se préparait à fêter le couronnement de son nouveau Pharaon.

Tirya ne tenait plus en place : c'était ce matin-là que son père allait recevoir la double couronne qui ferait de lui le Maître des Deux Terres. Réveillés dès l'aube par Pnoum, le grand prêtre, Tirya et Amasis avaient été conduits devant le temple de Neith, la déesse protectrice de la ville de Saïs. Pour lors, ils attendaient entre les deux colosses érigés par Ramsès le Grand que les prêtres viennent pratiquer les rites de purification.

— Tu as l'air inquiet, remarqua Tirya en observant son père.

— L'assassinat de Tahoser m'afflige, répondit-il. Je me demande à qui profite ce crime.

— Au voleur.

— Il n'y avait pas de gardes dans le jardin et la porte de la poterne était débâclée. L'avaleur d'ombres[1] a bénéficié de trop de complicité pour être seulement un voleur. Cela sent la conspiration. La mort de Tahoser entache mon couronnement et risque d'augmenter le nombre des partisans d'Apriès.

— Je n'aimais pas Tahoser, rappela Tirya, elle a voulu nous tuer, Hermès et moi. Sa disparition m'affecte pourtant... Surtout de cette manière.

Elle laissa passer un silence avant de hasarder :

— Tu crois que l'avaleur d'ombres va tenter quelque chose contre nous aujourd'hui ?

— Ménélas veille, la rassura Amasis.

— Mais pas dans le temple ! rectifia la jeune fille. Si l'assassin était déjà à l'intérieur ? Si c'était un prêtre ?

— Si les dieux ont le désir que je devienne Pharaon, ils retiendront la main de l'avaleur d'ombres.

Tirya fit la moue. Elle eut envie, brusquement, d'avoir Hermès à ses côtés, mais le jeune Grec ne serait autorisé à pénétrer dans le temple qu'au moment précis du sacre, avec les grands dignitaires et un auditoire choisi.

Le prêtre de la Porte apparut. Il s'arrêta devant Amasis et sa fille, frappa le sol de son bâton et les conduisit dans la cour intérieure, derrière les pylônes gravés de scènes polychromes qui protégeaient le sanctuaire des forces impures. Là, trois autres prêtres les accueillirent, portant les masques

1. Nom donné aux assassins.

des dieux Horus, Seth et Thot, et ils les aspergèrent avec de l'eau sacrée tirée du Nil.

— Par les vertus fécondatrices du Nil... commença Horus.

— Tu reçois le pouvoir de commander la crue du fleuve, poursuivit Seth.

— Et ta fille après toi, termina Thot, car le sang divin se transmet aussi par la lignée des femmes.

Thot emmena Tirya dans une chambre du temple où des prêtresses la déshabillèrent, la lavèrent et la revêtirent d'une robe immaculée. Pendant ce temps, dans une autre salle, Horus et Seth oignaient le corps d'Amasis d'une huile censée lui procurer force et puissance. Ils lui présentèrent ensuite une shendjit[2] empesée qu'il passa et maintint autour de ses reins au moyen d'une large ceinture à la boucle d'or, gravée à son cartouche. Horus fixa un tablier triangulaire devant le pagne ; Seth accrocha une queue de taureau à la ceinture, dans le dos. Puis ils ceignirent le futur Pharaon d'un némès à rayures bleues surmonté d'un uraeus[3] d'or, lui attachèrent une barbe postiche sous le menton et le parèrent d'un pectoral flamboyant figurant un faucon aux ailes déployées. Ils lui passèrent encore une série de bracelets : aux chevilles, aux poignets et en haut des bras, près des épaules. Après quoi, Horus et Seth reculèrent. Deux sandales en peau

2. Le pagne plissé.

3. Le némès est la coiffure royale en tissu. L'uraeus est l'image d'un cobra en fureur, à demi dressé : il représente l'œil de Râ et écarte ennemis et dangers de celui qui le porte.

blanche étaient posées devant Amasis. Il chaussa la droite.

— Tu foules tes ennemis du Levant, commenta Horus.

Amasis enfila la gauche.

— Tu foules tes ennemis du Couchant, renchérit Seth.

Pnoum et des prêtres musiciens pénétrèrent alors dans la cour. Ils portaient de longues tuniques blanches, à l'exception de Pnoum, qui arborait une peau de léopard et un long pagne descendant jusqu'aux pieds. C'est au son de flûtes et de harpes que le grand prêtre guida Amasis vers la vaste salle hypostyle[4]. Un trône magnifique siégeait au centre, entouré par d'immenses colonnes au chapiteau en forme de fleur de papyrus. Amasis eut l'impression de pénétrer dans une forêt tant le vert dominait sur les piliers et au plafond. Tirya était debout derrière le trône, symbolisant la déesse Neith. Elle était coiffée de la couronne rouge de Basse-Égypte et tenait un arc et deux flèches.

Amasis s'installa sur le trône, les mains à plat sur ses cuisses. Des prêtres défilèrent devant lui, chacun d'eux élevant dans ses mains une statuette. Il s'agissait là de la représentation de divinités venues des sanctuaires des différentes régions du pays. Amasis les nomma les unes après les autres, et chaque fois l'officiant répondait :

— Je te reconnais, Horus vivant.

Quand les dieux eurent regagné leur petite chapelle de bois, Pnoum frappa dans ses mains. Tirya

4. Salle au plafond soutenu par des colonnes.

écarta les bras et se força à l'immobilité. Les manches de son vêtement évoquaient deux ailes blanches de chaque côté du trône. Un brouhaha monta alors du sol : les dignitaires et les invités d'honneur entraient. Ils s'établirent entre les colonnes, les plus importants s'installant au premier rang. Tirya chercha Hermès des yeux mais elle ne le vit pas, noyé qu'il devait être au milieu des notables. Comme elle le redoutait, ni Ménélas ni ses gardes n'avaient été autorisés à franchir le seuil de l'édifice sacré. Amasis ne bénéficiait donc d'aucune protection, hormis celle des dieux. Mais était-elle suffisante pour dévier une flèche? Des prêtresses porteuses de palmes vinrent se placer par groupe de trois devant chaque pilier. Certaines mauvaises langues profitèrent du mouvement pour faire remarquer à leurs voisins qu'Amasis associait déjà sa fille au trône.

— Il craint sans doute de ne pas avoir le temps de se remarier pour engendrer un fils, fut-il répondu à voix basse.

Des sourires naquirent sur les lèvres.

— Les dieux feront tomber la couronne, chuchota le Grand Échanson[5] d'un air entendu à son complice. L'effet en sera plus saisissant qu'un coup de poignard. Cela nuira en même temps au père et à la fille.

Pnoum étendit les bras. Les murmures cessèrent. Dans un silence impressionnant, deux prêtres posèrent à tour de rôle les couronnes des diverses provinces sur la tête d'Amasis, tandis que Pnoum répétait :

5. Le responsable des vins à la table de Pharaon.

— Neith te donne Saïs... Ptah te donne Memphis... Amon te donne Thèbes... Thot te donne Kmounou... Osiris te donne Abydos et Busiris... Sobek te donne le Fayoum... Horus te donne Nekhen... Min te donne Kous[6]... Ouadjet te donne Bouto...

Pendant ce long récitatif, Tirya étudiait la foule en s'efforçant de ne pas bouger la tête. Un ou plusieurs assassins pouvaient se dissimuler parmi tous ces gens. Ses yeux allaient de droite à gauche, cherchant le mouvement insolite ou l'éclat sauvage dans un regard. « Mon père doit les observer aussi, se dit-elle. Il les connaît mieux que moi. Peut-être a-t-il déjà décelé une anomalie, repéré le traître... » Tirya découvrit enfin la tête blonde d'Hermès, et derrière lui ses parents. Elle en éprouva un vif soulagement. Dès lors, sa tension retomba un peu, et elle s'appliqua à maintenir ses bras bien droits, bien écartés.

Quand Pnoum eut terminé sa litanie, les deux prêtres se retirèrent. Horus et Seth s'approchèrent alors, chacun une couronne dans les mains. Tous s'inclinèrent. Horus coiffa Amasis du desheret, la mitre rouge de Basse-Égypte. Seth éleva l'hedjet, le bonnet blanc de Haute-Égypte, et l'emboîta dans le desheret, formant le pschent ou la double couronne. « Ça y est, je suis princesse ! » se réjouit intérieurement Tirya. Mais le geste de Seth, trop brutal, déséquilibra le pschent. Amasis sentit la couronne vaciller, or seuls les dieux étaient autorisés à la tou-

6. Kmounou s'appellera plus tard Hermopolis, et Kous Coptos.

cher. « Le pschent va tomber. Les dieux sont contre moi », eut-il le temps de penser.

Tac ! Il perçut deux petits chocs de chaque côté de la couronne. La mitre se stabilisa sur sa tête. Ramenant ses bras devant elle, Tirya avait eu la présence d'esprit de la retenir avec l'arc et les flèches de Neith.

— Qui se cache sous le masque de Seth ? murmura-t-elle.

— Pnoum me l'apprendra, répondit Amasis en bougeant à peine les lèvres.

Pour éviter quelque sarcasme, même chuchoté, le grand prêtre entonna aussitôt :

— Ce jour est un grand jour, le premier de la première année de ton règne. Toi, Pharaon, tel l'Horus vivant, tu vas recevoir les insignes de ta puissance. Grâce à leur force divine, tu seras honoré de tes sujets et redouté de tes ennemis.

Plusieurs prêtres avancèrent. Le premier donna la croix ansée à Amasis.

— Reçois l'ankh, symbole de vie.

Le second lui remit la crosse et le fléau.

— Reçois l'heka et le nekhekh, les symboles d'Osiris. Tu deviens le pasteur de ton peuple, que tu diriges avec la crosse et que tu protèges avec le fouet.

Le troisième lui apporta le sceptre terminé par une tête de lévrier.

— Reçois l'ouas, le bâton sur lequel s'appuient les divinités, afin de marcher sans crainte sur le chemin des serpents.

Le dernier tendit à son roi la massue en forme de poire.

— Reçois le kherp avec lequel Ménès, le premier Pharaon, terrassa ses ennemis.

Amasis serra contre lui les insignes de son pouvoir. Des chants montèrent, portés par les voix féminines. Lorsque Horus et Thot lièrent le lotus et le papyrus — les deux plantes représentant la Haute et la Basse-Égypte —, les prêtres commencèrent à psalmodier des incantations destinées à éloigner le Mal.

Pharaon se leva. L'assemblée se prosterna à nouveau. Il descendit les marches de l'estrade qui supportait son trône et se dirigea vers le saint des saints, au fond du temple, là où siégeait le dieu Amon-Râ. En présence du seul grand prêtre, il contempla l'image de son père le Soleil, l'image la plus sacrée d'Égypte, et il lui rendit hommage par des offrandes et des libations. À son retour dans la salle, les prêtres l'acclamèrent en prononçant les cinq titres qui accompagnaient désormais son nom : Horus vivant — les Deux Déesses[7] — Horus d'or — roi de Haute et de Basse-Égypte — Fils de Râ, la Lumière éternelle.

7. Ouadjet le Cobra (Basse-Égypte) et Nekhbet le Vautour (Haute-Égypte).

4

LA FIANCÉE DU NIL

Tout Saïs attendait la sortie du temple. Une foule impatiente se pressait le long du parcours. Les terrasses avaient été prises d'assaut. Les hommes portaient les enfants sur leurs épaules, les femmes tenaient dans les bras des paniers remplis de pétales de roses et de lotus. Une multitude de barques flottaient sur le bras du Nil en crue dont le flot venait battre contre l'enceinte de la ville. Qu'Amasis remplaçât Apriès sur le trône d'Égypte importait peu aux paysans et aux artisans ! Ce qui comptait, c'était le jour de fête ! Le nouveau souverain avait ouvert les greniers pour son peuple : le pain ne manquerait pas, et la bière alourdirait bon nombre d'esprits avant la fin du jour.

La foule laissa éclater sa joie quand les portes du temple s'ouvrirent enfin et qu'apparurent les premières musiciennes, sistres[1] et harpes à la main. Suivirent les joueuses de flûte double, puis les danseuses vêtues d'une tunique ample et transparente. Deux rangs de prêtres escortaient la litière de Pharaon. Assis en majesté sur son trône porté par douze hommes,

1. Instrument formé d'un manche et d'un cadre traversé de baguettes métalliques mobiles et sonores.

Amasis salua son peuple. Debout derrière lui, les mains sur le dossier, Tirya offrait l'image d'une Neith souriante. Elle aperçut tout de suite les gardes de Ménélas, et l'inquiétude qui la tiraillait jusqu'alors se dissipa. Des prêtresses libérèrent des centaines de pigeons en ouvrant les volières du temple. L'air vrombit de leurs battements d'ailes. En réponse, les femmes jetèrent une pluie de pétales sur l'allée des sphinx que remontait le cortège. Bien qu'éloignés du temple, les pêcheurs prirent l'envol des pigeons pour un signal ; ils joignirent leurs vivats à ceux de la ville et répandirent des nuées de fleurs sur l'eau.

Tirya avait les yeux embués de larmes. Tous ces gens qui l'ovationnaient... Ces prêtres et ces prêtresses qui balançaient leurs palmes... La Cour qui marchait derrière elle et mêlait ses acclamations à celles de la foule... Toute cette liesse pour son père et pour elle ! « Je ne vais quand même pas pleurer », se dit-elle en s'efforçant de retenir ses larmes. Quand la musique enfla, que les trilles des flûtes s'envolèrent et que les voix entonnèrent un hymne poignant au Fils de la Lumière, Tirya fut parcourue d'un frisson. Elle ressentit l'irrésistible envie de chanter avec la ville, serra les lèvres pour ne pas succomber à l'élan de son cœur. Un hoquet brisa sa résistance. Une coulée de larmes s'échappa et roula sur sa joue. Il en jaillit d'autres, plus rapides, plus grosses, comme si toute la tension de ces derniers jours se vidait soudain par ses yeux.

— Tu renifles ? s'étonna Amasis.

— Je pleure, avoua la jeune fille. Je voudrais que maman soit là.

Elle ne put en dire plus, manqua s'étouffer sous

les sanglots, puis elle redressa la tête, inspira à longs traits et calma sa respiration douloureuse. L'instant d'après, Tirya avait retrouvé l'expression d'une déesse triomphante.

La lente procession arriva à l'extrémité de l'allée des sphinx. Une voie plantée d'arbres lui succédait, menant jusqu'au palais royal. Des hommes et des enfants étaient installés à la fourche des branches, applaudissant au passage de Pharaon.

Soudain, des hurlements stridents brisèrent net les danses et les vivats. Tirya tressaillit. Son père se dressa à demi sur son trône, provoquant un déséquilibre sur sa droite. Les porteurs s'arrêtèrent. Une nuée de gardes enveloppa un groupe qui s'agitait autour d'un tronc. Le remous s'apaisa rapidement. Ménélas sortit de la foule, s'approcha d'Amasis.

— Ce n'est rien, annonça-t-il. La branche d'un arbre s'est cassée sous le poids des gens. Ils en sont quittes pour quelques bosses.

Tirya souffla, expulsant sa peur. Pendant un court instant, elle avait cru qu'on voulait attenter à la vie de son père. Le silence était si tendu qu'elle crut que chacun pouvait entendre les battements de son cœur. Le Maître des chants relança la musique, les danseuses reprirent leurs évolutions, les porteurs s'ébranlèrent. Il ne fallut que deux trois hourras pour raviver la ferveur du peuple. Et c'est sous un tonnerre d'acclamations que le cortège poursuivit son chemin jusqu'au palais.

Debout à côté de son père dans la salle du trône du palais, Tirya souriait à chacun des dignitaires et des invités qui venaient congratuler Pharaon. Battos l'Heureux, le roi de Cyrène, s'attarda tout particulièrement devant elle pour vanter sa beauté. D'autres passèrent. Ousert, le Grand Échanson, s'inclina devant Amasis, le félicita de son ascension puis ajouta :

— Le trône d'Égypte est comme une table sans vin...

— Explique-toi, gronda Amasis.

— Sans épouse, il ne peut y avoir d'héritier. Tu as associé ta fille au pouvoir, mais les temps sont révolus où une femme accédait à la double couronne.

— Tu m'enterres bien vite ! riposta Pharaon. Occupe-toi plutôt de ton vin : il risque de tourner en vinaigre si tu lèves trop souvent le nez de tes jarres.

Ousert pinça les lèvres, piqué au vif.

— Je ne veux que ton bonheur, pour toi et ta lignée, se défendit-il.

— As-tu servi le même discours à Apriès ?

— Peut-être a-t-il un laideron à caser, intervint Tirya. Cependant, j'imagine mal une ânesse en équilibre sur le siège de la Grande Épouse royale.

L'homme ravala sa colère. Il jeta un regard noir à la jeune fille et s'éloigna sans un mot. Hermès et ses parents se présentèrent enfin.

— Tu ressembles à Athéna[2], déclara le jeune homme d'un air émerveillé.

— Je te plais ?

Hermès baissa les yeux ; Tirya eut l'impression qu'il rougissait un peu. Elle embrassa Lysias et Des-

2. Les Grecs assimilèrent Neith à Athéna, la déesse protectrice d'Athènes figurée avec un casque, une lance et un bouclier.

pina, le père et la mère de son ami puis, fatiguée des honneurs, elle prit Hermès par la main et l'entraîna hors de la salle.

— Battos est venu avec son fils, annonça-t-elle. Le jeune homme sera près de moi au cours du repas.

— Je croyais qu'en Égypte les hommes mangeaient d'un côté et les femmes de l'autre.

— Cela arrive quand les uns ou les autres ont des choses particulières à se raconter. Ne te plains pas, tu seras aussi près de moi.

— Tu seras vite lassée par ses discours.

— Tu me parleras de poésie.

— Ses manières sont celles d'un barbare.

— Il se cure les dents avec les os de volaille ?

— Bien sûr ! assena Hermès. Et les oreilles aussi ! Les colons ont perdu le raffinement de la Grèce.

— Tu n'es pas un colon, toi ? demanda Tirya tout en se dirigeant vers une terrasse.

— Je n'ai pas passé ma jeunesse dans une ville fortifiée, bougonna Hermès. Autour de Cyrène, il n'y a que le désert et les Libyens.

— Raison de plus pour être indulgents, conclut Tirya en virvoltant sur la pointe des pieds.

Elle étendit les bras, ferma les yeux, se mit à danser. Hermès comprit que la discussion l'ennuyait. Il la regarda tournoyer : ses cheveux flottaient sur ses épaules, sa robe moulait son corps cambré, et il eut envie de la serrer dans ses bras, de lui avouer qu'il l'aimait et de lui dire qu'il ne fallait pas qu'elle se laisse embabouiner par le premier fils de roi venu. Hermès fit un pas vers elle, prêt à lui ouvrir son cœur, mais il se ravisa. Comment la jeune fille allait-elle réagir ? Elle était princesse d'Égypte, lui le simple rejeton d'un fabricant de faïence. Qu'avait-il à lui offrir ? Il préféra se taire. La lutte était inégale : entre un prince et lui, le choix était vite fait. Et il ne supporterait pas que Tirya se moque de lui !

— Il faut rentrer, avertit Tirya au bout d'un moment, Sehouna ne viendra pas nous chercher.

— C'est vrai, elle va danser pour la première fois. C'est un grand jour pour elle aussi.

Hermès posa une main sur l'épaule de son amie.

— Allons, je te rends à tes obligations, lui dit-il d'une voix amère.

La salle d'audience avait été transformée en salle de banquet. Sur des tables trônaient des paniers pleins de fruits dressés en pyramide, ainsi que des gâteaux et des sucreries à profusion. Quand Tirya et Hermès pénétrèrent dans la salle, beaucoup d'invités étaient déjà installés sur des tabourets ou des coussins autour de petits guéridons. De jeunes servantes apportaient des boissons pendant que d'autres déposaient des cônes parfumés sur les têtes des personnes présentes et remettaient à chacune d'entre elles une fleur de lotus en guise de bienvenue. Des flabellifères[3] agitaient de longs éventails de plumes d'autruche pour chasser les mouches qui bourdonnaient au-dessus des pâtisseries. Tirya rejoignit son père sur une estrade et s'assit à côté de lui. C'était l'instant qu'attendait le Maître des cérémonies pour faire entrer les musiciennes et les danseuses. Le son cristallin d'une harpe à vingt cordes se mit à vibrer dans l'air. Une flûte enroula ses notes autour des siennes, créant la mélodie. Cithares, lyres

3. Serviteurs portant un flabellum, un long éventail.

et luths étoffèrent alors la musique. Dès que les crotales[4] commencèrent à cliqueter, les danseuses s'élancèrent sur la piste. Habillées d'un collier de perles, elles se mirent à onduler, sur un rythme lent d'abord, propre à mettre en valeur la grâce de leurs mouvements, la souplesse et la beauté de leur corps. Le tempo s'accéléra avec le son aigu des sistres. Alors les filles se trémoussèrent, soulevèrent la jambe en cadence et exécutèrent une pirouette arrière. Sehouna se détacha du groupe, réalisa une série de roues et termina par un grand écart. Les applaudissements crépitèrent. La danse reprit, toute en déhanchements et virevoltes, scandée par les convives qui frappaient dans les mains pour accompagner les instruments de percussion.

Tirya se laissa emporter par la musique. Non contente de battre la mesure avec son pied, elle se tortillait sur son siège pour imiter les contorsions des danseuses. Son père lui jeta un regard sévère. Elle l'ignora délibérément et se mit à claquer des doigts. Le Maître des cérémonies eut un signe discret pour signifier à la jeune fille de se calmer. Tirya haussa les épaules, continua à marteler le rythme sur les dalles avec ses semelles. L'homme s'approcha d'elle et lui glissa à l'oreille :

— Une princesse garde son maintien royal. Votre père n'apprécie pas que vous vous trémoussiez sur le...

— Hé quoi ! se rebiffa Tirya. La fête est pour mon père et pour moi, et ce sont les autres qui s'amusent ?

4. Sortes de castagnettes.

Après les danses, les invités s'approchèrent des plats, dans lesquels ils puisèrent à pleines mains. Des serviteurs passaient de l'un à l'autre en présentant des rince-doigts ; des femmes apportaient des viandes grillées, des oies et des canards rôtis à la broche, des ragoûts accompagnés de crêpes fourrées aux lentilles, aux haricots, aux poireaux ou aux oignons, et quantité de pains : de la simple galette aux œufs au pain rond farci au miel. Le Grand Échanson veillait à ce que les coupes soient pleines, et l'on dispensait sans compter un vin blanc liquoreux — le maréotique — provenant des vignes du Delta.

Tirya était attablée avec Hermès et Battos le Jeune. Âgé d'une vingtaine d'années, le fils du roi de Cyrène racontait les exploits de son père contre les Libyens et les pirates sardes qui, à plusieurs reprises, avaient tenté de s'emparer de la ville. Il avait une faconde[5] intarissable, servie par un ton caressant qui tenait la jeune fille sous son charme. Hermès avait la désagréable sensation qu'on l'ignorait. Il essaya deux trois fois de s'immiscer dans la conversation, mais Battos le Jeune ramenait toujours le propos sur lui. Grisée par sa voix chaude et profonde, par l'éclat de son regard et par la grâce naturelle qui émanait de lui, Tirya avait l'impression de s'enfoncer dans du miel en l'écoutant, tout en éprouvant un délicieux frisson. Hermès faisait grise mine : le babil l'étourdissait, et il se rendait compte que Tirya tombait en une sorte de langueur qui le mettait, lui, en rage. Il décida alors de se manifester par des signes visibles de lassitude, bâilla bruyam-

5. Exubérance de paroles.

ment et se mit à jouer avec des boulettes de mie de pain. Il prêta l'oreille à un morceau de musique, mais cela l'ennuya très vite. Il applaudit de façon exagérée quand Sehouna termina sa danse, puis il invita sans façon la gamine à leur table.

— As-tu déjà entendu un vrai bavard ? lança-t-il en lui proposant un coussin.

Tirya lui décocha un regard de reproche. La petite, essoufflée, but une grande coupe de jus de grenade avant de s'asseoir entre Tirya et Hermès.

— Vous m'avez trouvée comment ? demanda-t-elle, les yeux brillants.

— Délicieuse, assura Tirya en l'embrassant sur la joue.

— J'aurais aimé danser, moi aussi, pour obtenir un baiser de Tirya, dit Battos le Jeune d'un air badin.

Tirya sourit. Elle allait répondre quand Hermès la devança.

— Brave comme tu l'es, tu pourrais au moins plonger dans le bassin aux crocodiles pour mériter une faveur.

Battos le Jeune ne releva pas. Tirya voulut rabrouer son ami mais elle se retint à temps. La jalousie d'Hermès était presque palpable. Tirya en fut gênée pour lui car cela gâtait l'atmosphère de la table. Elle choisit une douceur à la coriandre dans le plat posé devant elle.

— Hermès compose des vers sur la beauté de la nuit et des déserts, déclara-t-elle pour créer un sujet de conversation entre les deux jeunes gens.

— Ah, fit Battos le Jeune en prenant une grappe de raisin, il passe donc son temps à rêver.

Hermès, qui mâchonnait une datte, faillit se

mordre la langue. Il cherchait une riposte quand Sehouna lui secoua le bras avec insistance.

— Qu'est-ce que tu veux ? ronchonna-t-il.

Elle se pencha vers lui, et chuchota :

— Il y en a un qui me fait peur, là derrière.

Hermès se retourna, jeta un coup d'œil machinal sur les convives.

— Où ça ?

Elle tendit à peine son doigt, craignant que l'individu ne la remarque.

— Là-bas, entre les deux piliers. Tiens, on vient de déposer une pâtisserie en forme d'oiseau devant lui.

— Je le vois. C'est vrai qu'il a une tête affreuse. On le croirait sorti des forges d'Héphaïstos[6]. Je me demande qui il est.

Sehouna colla sa bouche contre son oreille et souffla :

— C'est l'assassin !

Hermès haussa les épaules.

— Penses-tu ! S'il est là, c'est que c'est un personnage officiel ou un ami d'Amasis.

— Je ne l'ai jamais vu au palais, insista la petite.

Hermès s'apprêtait à questionner Tirya sur le mystérieux personnage quand la jeune fille fut secouée d'un fou rire à la suite d'une plaisanterie de Battos le Jeune.

— Laissons-les, marmonna Hermès, ces deux-là ont oublié que nous existions.

Le jeune Grec se tourna à demi et épia l'homme de biais. Celui-ci avait un visage dur, taillé dans l'os.

6. Dieu grec du feu, des métaux et de la métallurgie. Les volcans sont ses ateliers où travaillent avec lui les cyclopes.

Il semblait indifférent aux propos de ses voisins et ne quittait pas des yeux la table de Tirya. « Il nous observe, constata Hermès. Il a une vraie face de babouin, je comprends qu'il effraie Sehouna. Qu'est-ce qu'il nous veut ? »

Laissant la fête se dérouler autour de lui, s'étant résolu à abandonner Tirya au caquet de Battos le Jeune, Hermès s'attacha à surveiller l'inconnu. Leurs regards se croisèrent une fois ou deux, mais l'homme ne chercha pas à engager un défi. Son regard glissa sur Hermès et revint s'ancrer sur Tirya.

Sehouna était repartie avec les danseuses. Un autre groupe se produisit, soutenu dans ses sarabandes par une musique enflammée appuyée par des tambourins. Hermès fut tenté d'avertir Ménélas afin qu'il contrôle l'identité de l'individu, pourtant il n'en fit rien, redoutant l'incident si l'homme était le chef d'une quelconque tribu du désert. « Il contemple Tirya parce qu'elle est belle, pensa-t-il pour se tranquilliser. J'aimerais presque qu'il se lève, qu'il envoie bouler Battos le Jacasseur et s'installe à sa place. Ça me permettrait d'intervenir et de regagner l'intérêt de Tirya. » Hélas, l'homme resta scellé sur son siège. Hermès finit par se lasser de lui et, refusant de continuer à jouer le rôle d'une potiche, il quitta la table et alla s'asseoir avec ses parents, une épine dans le cœur.

Danses et chants se poursuivirent jusqu'au soir, et les rues de Saïs résonnèrent de la liesse populaire tard dans la nuit.

Après le départ des invités, Tirya monta sur la terrasse, s'appuya contre la rambarde et respira profondément. La ville, noire et silencieuse d'habitude, était sillonnée de serpents de lumière qui se prolongeaient sur le bras du Nil où des pêcheurs, à la lueur de torches, s'adonnaient à des joutes nautiques au milieu des cris et des rires : debout dans leurs bacholes[7], armés de longues perches, ils s'amusaient à se pousser dans l'eau.

— Désormais tout ceci est à nous, dit une voix derrière elle. Nous sommes responsables de la joie ou du malheur de notre peuple.

Son père vint s'accouder près d'elle.

— La fête était très réussie, déclara Tirya. J'en suis encore toute bourdonnante. J'ai fait honneur au fils du roi de Cyrène...

— Je m'en suis rendu compte, admit Pharaon mais au point de mortifier ton ami grec. Tu as agi en princesse, ajouta-t-il pour contrer une réplique de sa fille, et tu vas assumer ta fonction jusqu'au bout : j'ai promis ta main au fils de Battos.

L'air se bloqua dans la poitrine de la jeune fille.

— Ah... Battos le Jeune est beau garçon, balbutia-t-elle, mais...

— Qui te parle de Battos le Jeune ? C'est à son frère aîné, Arcélisas le Dur, que je t'ai destinée. Ce sera lui le prochain roi de Cyrène.

Tirya en perdit la voix. Amasis appela d'un geste une silhouette qui se tenait dans l'ombre du mur. Elle approcha. C'était l'homme au faciès de babouin.

7. Petites barques en roseaux tressés.

5

LE CHITON DE LA LIBERTÉ

Hermès ne dormait pas. Invités d'honneur, ses parents et lui étaient logés au palais pour quelques jours, dans l'aile qui faisait face aux appartements royaux. Allongé sur le dos, les yeux ouverts, les doigts croisés derrière la nuque, il écoutait les bruits lointains qui s'envolaient par bouffées des tavernes où les derniers fêtards épuisaient la bière et le vin de palme.

Sa porte s'ouvrit sans qu'il le remarquât. Une ombre avança furtivement. Hermès ne perçut sa présence qu'au tout dernier moment. Il roula sur le flanc alors que la main plongeait vers lui.

— Tu ne me tueras pas aussi facilement que Tahoser, assura-t-il en attrapant le poignet de l'inconnu.

— Appelle la garde tant que tu y es, tête de chèvre ! C'est moi, Tirya !

Hermès la lâcha, sidéré.

— Qu'est-ce que tu veux ? Battos le Jeune a plongé dans le bassin aux crocodiles ?

— Ne sois pas bête ! Mon père a décidé de me marier au fils du roi de Cyrène pour renforcer son alliance avec la cité grecque.

— Et alors ? Cela devrait te réjouir !

— Mais je ne veux pas, moi !

— Quelle bonne nouvelle ! Tu as enfin découvert le singe sous l'homme.

— En quelque sorte, acquiesça Tirya, mais ce n'est pas Battos le Jeune que je dois épouser. C'est Arcélisas le Dur, aussi vilain que son frère est beau ! Tu as dû l'apercevoir, il était assis derrière nous.

— Aaahhh, fit Hermès en expirant longuement, je comprends. Si ton père t'avait donnée à Battos le Jeune, tu serais en train de sauter de joie.

— Que tu es bête ! répéta Tirya.

Elle se pencha vers lui et l'embrassa sur la joue.

— Je dois m'enfuir très vite, et j'aimerais que tu viennes avec moi.

— T'enfuir ? Pour aller où ?

— Le mieux est de quitter l'Égypte pour un moment, le temps que le roi Battos trouve une autre épouse pour son fils, et que mon père renonce à me marier pour nouer des alliances. Je pensais que tu pourrais m'emmener à Rhodes, tu as de la famille là-bas, je crois.

— À Rhodes ? s'exclama Hermès.

— Chut ! Chut ! Tu vas réveiller le palais.

Le jeune homme baissa le ton.

— Mais... mais il faut traverser la mer ! Tu sais que je n'ai pas le pied marin et que la seule pensée des profondeurs me noue les entrailles. Ce n'est pas le Nil, c'est la mer, la Toujours Verte[1] ! Ses colères sont parfois terribles.

Tirya et Hermès étaient assis sur le lit. La jeune fille posa la main sur l'épaule de son ami.

1. Nom que les Égyptiens donnaient à la mer Méditerranée.

— Ne me laisse pas partir seule. J'ai besoin de toi.

— Tu te souviens de moi quand cela t'arrange, souligna Hermès d'un ton sec. Je n'étais qu'un oisillon aujourd'hui, au milieu des princes et des hauts dignitaires. Tu me l'as bien fait sentir.

— Je suis désolée. Je ne sais pas ce qui m'a pris. J'étais complètement subjuguée. Je me rendais compte que j'agissais mal, qu'il fallait que je me consacre à mes amis, mais c'était plus fort que moi, je n'arrivais pas à me détacher de l'emprise de Battos le Jeune. Je t'en prie, aide-moi. Tu es le seul sur qui je puisse compter.

Tirya lui saisit la main et le pressa de se lever. Il s'habilla rapidement. Au fond de lui, Hermès se dit qu'il était bon que la jeune fille s'éloigne de Battos le Jeune. Avant de quitter la chambre, Tirya ramassa un sac qu'elle avait déposé en entrant.

— Qu'est-ce qu'il y a là-dedans ?

— De la nourriture, de l'eau... ce qu'il faut pour un voyage.

— Je dois prévenir mes parents.

— Surtout pas ! Ils parleraient.

— Ils vont s'inquiéter, insista Hermès.

— Ils se douteront bien que nous sommes partis ensemble. Nous ne courons aucun danger, je t'assure. Nous avons déjà vécu de pires épreuves qu'une simple traversée en mer. Les dieux sont avec nous.

Ils s'engagèrent dans le couloir. Des lampes à huile étaient fixées à des chaînettes, à intervalle régulier, et diffusaient une lueur tremblotante.

— Comment va-t-on sortir du palais ? Par les jardins ?

— On ne verrait rien, il fait trop noir.

— Par où alors ?

— Par la porte, tout naturellement.

— Tu oublies les gardes !

— Je suis princesse ! Pourquoi m'interdiraient-ils le passage ?

Postés à l'extrémité du couloir, les deux gardiens de la porte cessèrent de discuter en entendant des pas qui approchaient. Ils présentèrent les armes dès qu'ils reconnurent la fille de Pharaon.

— Ouvrez ! commanda Tirya en s'arrêtant devant eux.

— Vous sortez, princesse ? s'étonna l'un des factionnaires.

— Est-ce interdit ? demanda-t-elle.

— Certainement pas, princesse. Je vais vous faire accompagner par un...

— Je suis accompagnée ! fit remarquer Tirya.

Le garde s'inclina, ouvrit la porte.

— Laissez passer la princesse et son ami, enjoignit-il aux deux sentinelles postées sur le perron.

La porte se referma derrière eux avec un claquement sec. Hermès ne put s'empêcher de frissonner. Quels nouveaux dangers allaient-ils affronter ?

Quand l'aube rosit les flots, Hermès dirigea la bachole vers une forêt de papyrus inondée. Le Delta était devenu une mer sur laquelle nageaient des nuées d'oiseaux blancs, des canards, des hérons, tous privés de nids. Les hauts papyrus ne dépassaient l'eau que de quelques coudées[2], et les villages formaient des îles de loin en loin, perchés sur des buttes.

2. Une coudée équivaut à 52 centimètres.

— Ton père ne va pas tarder à s'apercevoir que nous avons fui. Il va lancer ses hommes à nos trousses.

— Sa première idée sera de fouiller Naucratis, à l'ouest, car il s'imaginera que je me réfugie chez toi. La crue nous aide : les pistes sont noyées, obligeant les chars à de longs détours. En fuyant vers l'est, nous gagnons un temps précieux.

— Ensuite les patrouilles sillonneront la région sur des barques. Elles finiront par nous retrouver.

— Pas sûr. L'eau couvre les marais de l'Oasis du Sel au Mur du Prince[3]. Les canaux, les bras du Nil et le fleuve lui-même sont mêlés en une vaste étendue liquide. Les barques vont moins vite que les chevaux, et il est difficile de se repérer dans ce paysage, surtout quand on ne sait pas où chercher.

— Ce n'est pas plus facile quand on sait où on va, souffla Hermès en maniant sa pagaie. Toutes les palmeraies se ressemblent. Es-tu sûre que nous naviguons bien vers Bast[4] ?

Tirya ne répondit pas : elle connaissait son pays.

Des troncs glissaient au fil de l'eau, par rangées parallèles. L'un d'eux happa un pélican dans un claquement de mâchoires. Aussitôt des ibis s'envolèrent, suivis par toute une colonie de grues, de sarcelles, de bécassines et autre gibier d'eau. La masse

3. L'oasis du Sel (aujourd'hui le Ouadi Natroun) est une région à l'ouest du Delta. On y recueillait le natron qui servait à l'embaumement. Le Mur du Prince est un chemin de caravane allant d'Héliopolis à Péluse. C'est ce chemin qu'emprun-tèrent les Hébreux lors de l'Exode. Il est prolongé par le Chemin d'Horus en direction de la Palestine, jusqu'à Gaza.

4. Bubastis.

d'ailes provoqua une oscillation qui fit danser la bachole. Tirya étouffa un petit gloussement.

— Mon père va peut-être se figurer que tu m'as enlevée par jalousie. Arcélisas et lui doivent colérer. D'ici que le roi Battos se soit aussi mis en chasse...

Hermès appuya sur sa pagaie.

— Et ça te fait rire ! grommela-t-il.

L'embarcation se faufila entre les papyrus. Une femelle hippopotame et son petit les regardèrent approcher, les yeux et les naseaux au ras de l'eau. Hermès les évita et alla s'amarrer à une grosse canne. Ainsi, sous le couvert de la végétation, les deux fugitifs resteraient inaperçus des pêcheurs qui n'allaient pas tarder à descendre des villages-îlots pour venir jeter leurs filets. Tirya attrapa son sac, fouilla à l'intérieur.

— Tourne-toi !

— Quoi ?

— Tourne-toi ! répéta-t-elle en sortant la tunique bleue, sans manches, que lui avait remise Despina, la mère d'Hermès[5].

Le jeune homme se retourna, suivit des yeux les dos gris des deux hippopotames qui s'éloignaient. Tirya retira sa robe, se drapa dans le chiton qu'elle maintint sur son épaule au moyen d'une broche, puis elle noua sa chevelure en chignon.

— On recherche une princesse égyptienne, pas une fille de colon grec.

— Quant à moi, j'aurais intérêt à m'affubler en Nubien.

Tirya éclata d'un bon rire.

5. Voir *Le Complot du Nil*.

— Un pagne et une plume piquée sur le crâne n'y suffiraient pas. Tu as la peau claire et les cheveux blonds : il faut en prendre ton parti, tu ne peux être qu'un Hellène.

Elle roula sa robe en boule, la jeta dans le fleuve.

— Adieu, ma robe de lumière, soupira-t-elle, la princesse va s'endormir au fond de l'eau.

Hermès regarda la robe qui se déployait sous la surface, et se mit à fredonner :

Raconte aux poissons du Nil
Qu'une fleur vogue d'île en île
Et qu'à la place d'une couronne
Qui l'aurait vite rendue matrone
La Belle d'Égypte a adopté
Le chiton de la liberté.

— Coin, coin, coin ! répliqua Tirya. Je reviendrai de Rhodes quand Pharaon aura compris que je ne laisserai personne décider de mon destin. Je serai reine d'Égypte, par Osiris !

Hermès baissa la tête.

— Et moi chef de ta garde... commis dans tes cuisines... petit poisson du Nil...

Il repensa aux paroles de Sehouna qui le voyait déjà Pharaon. Tirya le prit par le cou, posa son front contre le sien et, d'une voix très douce, elle murmura :

— Arrête ! Nous sommes ensemble, non ?

La robe ondoyait entre deux eaux telle une grande corolle blanche. Elle s'enfonça lentement, s'effaça aux regards dans le fond limoneux.

— C'était mon habit de cérémonie, murmura

Tirya. J'ai l'impression d'avoir perdu une petite partie de moi-même.

— Mais alors une infime parcelle, rectifia Hermès. L'extrémité du lobe de l'oreille. Ou un morceau de peau du bout du nez.

Tirya lui décocha une petite claque, son sourire retrouvé.

Ils passèrent trois jours à naviguer dans les forêts de papyrus, évitant les villages, se nourrissant de poissons et de purée de lentilles emportée dans un grand pot, qu'ils réchauffaient à la flamme sur une simple plaque de métal. Ils aperçurent plusieurs embarcations de soldats en approchant de Busiris. Se couchant alors au fond de la bachole, ramenant sur eux un treillis d'ajoncs, ils se laissèrent porter à la dérive. Pas un soldat ne pensa à inspecter la barque qui paraissait abandonnée et qui tournait sur place à moins de cent coudées d'eux.

À la fin du troisième jour, les fugitifs atteignirent enfin Bast[6]. La ville était bâtie sur des terre-pleins. En période de basses eaux, deux canaux provenant du Nil contournaient le temple de Bastet[7] situé au cœur de la localité. Pour lors, Bast était une île comme les autres, reliée aux villages avoisinants par des digues qui servaient de chemins. Quelques paysans et leurs ânes se profilaient à la queue leu leu dans la lumière du soir; une flottille de petites

6. À vol d'oiseau, Saïs et Bast sont distantes d'environ 100 kilomètres.

7. La déesse Chatte (l'âme d'Isis) identifiée à l'aspect bienfaisant de la puissance solaire (à l'inverse de la déesse Lionne, Sekhmet).

embarcations regagnait le port. Deux gros navires flanqués à quai, proue vers le nord, attendaient leur plein chargement pour appareiller en direction de la Méditerranée.

— Il y a toujours des gardes dans les ports, avertit Tirya. Il faut nous faufiler entre les deux vaisseaux sans nous faire remarquer.

Hermès noua le sac autour de son cou. Tirya et lui se glissèrent dans l'eau, puis ils retournèrent la barque, se dissimulèrent en dessous et écartèrent les fibres des roseaux afin de voir devant eux.

— Il ne manquerait plus qu'un crocodile vienne nous happer les jambes...

— Ils chassent plutôt le long des rives, répondit la jeune fille.

— Où sont-elles, les rives ? J'ai l'impression que la crue s'étend de la Libye à l'Arabie.

L'un des bateaux était égyptien, l'autre grec, reconnaissable à son mât simple et au dieu Poséidon peint sur la proue avec son trident. Comme les jeunes gens se dirigeaient vers le navire grec, une bête frôla la jambe d'Hermès. Il se retint de hurler, détacha le sac en hâte et l'envoya par le fond dans l'espoir que l'animal s'enfoncerait pour le poursuivre.

— C'est un crocodile ! paniqua-t-il. Il revient ! Je le sens !

Tirya se laissa couler pour se rendre compte. Un énorme poisson blanc, long de trois coudées, tournait autour des pieds d'Hermès. Elle refit surface sous la bachole.

— C'est un latès, expliqua-t-elle, une perche géante du Nil. Ce sont tes orteils qui l'attirent, il n'a jamais dû en voir de semblables. Tu as sacrifié le sac pour rien. Heureusement que j'ai conservé sur moi de quoi monnayer notre voyage.

— Ah bon ? s'étonna son compagnon. Qu'as-tu emporté ?

— Chut ! fit-elle en baissant la voix, nous arrivons contre la coque.

Ils se collèrent contre le navire, se retinrent aux coquillages incrustés dans la carène, et attendirent. La bachole longea le navire puis alla se perdre dans le courant. Les activités cessèrent dans le port avec la montée de la nuit. Le pilote s'installa au gouvernail, un simple aviron pivotant ; le capitaine donna alors l'ordre de larguer les amarres. Les marins s'arc-boutèrent sur des gaffes pour éloigner le bateau du quai.

— Psst ! Ho, du navire !

Intrigué, le pilote regarda autour de lui. D'où pouvait bien provenir cet appel à moitié étouffé ? Flop ! La voile fut déployée. Le navire commença à tourner sur sa quille, cherchant le vent. Le pilote voulut manier la barre mais il la trouva étrangement lourde. Il se pencha par-dessus bord, découvrit avec stupéfaction deux personnes agrippées à son aviron.

— Lâchez ma rame si vous ne voulez pas recevoir un coup de perche sur la tête.

— Nous voulons nous rendre à Rhodes, lança Hermès. Nous avons de quoi payer notre passage.

Le pilote héla son capitaine. Celui-ci accourut aussitôt.

— Si vous comptez me payer avec de la verroterie, autant vous noyer tout de suite, grogna l'homme.

— Si je lâche votre rame, vous perdez une fortune, précisa Tirya.

Il leur tendit la main, les hissa à son bord. La jeune fille détacha un collier d'or qu'elle tenait fixé sous son chiton, autour de sa taille.

— Débarque-nous à Lindos[8] et il est à toi.

Le vaisseau transportait une cargaison de vin et de tiges de papyrus à destination de Milet, sur la côte ionienne. Lindos n'était pas sur sa route directe puisqu'il contournait habituellement l'île de Rhodes par le sud, mais le bonhomme accepta d'opérer le détour. Il ne chercha pas à connaître la provenance du collier, ni la raison pour laquelle une Égyptienne portait un vêtement grec. Ces deux-là étaient en fuite, mais quelle importance ! L'objet était d'une telle beauté qu'il achetait aussi le silence.

— Suis le chemin d'Hécate[9], ordonna le capitaine au pilote avant de s'installer à la proue pour sonder les eaux du fleuve.

— Et voilà, souffla Tirya, nous sommes en route pour la mer !

Les doigts serrés sur le plat-bord, Hermès ne desserra pas les dents. Il avait peur de la mer. Il regarda palpiter les quelques lumières qui sourdaient de la ville, derrière lui, avec la tragique impression qu'elles étaient peut-être les dernières de sa vie.

8. Sur la côte est de Rhodes.

9. Déesse de la nuit étoilée. Le chemin d'Hécate consiste, ici, à se guider sur l'étoile Polaire.

6

LE SOUFFLE DE POSÉIDON

Tirya goûtait la mer. Debout à la proue, elle épousait chaque mouvement du navire. Elle percevait le choc de l'eau contre la coque comme sur son propre corps. À un moment, elle ferma les yeux. L'impression fut immense : elle crut voler au ras des vagues, tel un grand oiseau ivre de vent. C'était une sensation de vertige, de liberté totale.

Hermès était cramponné au mât, sous la voile carrée qui claquait aux caprices d'Éole[1] et faisait craquer ses cordages. Le capitaine lui avait proposé de s'installer près du bordage, sur un caisson, mais le jeune homme avait obstinément refusé, voulant conserver le plus grand écart possible entre la mer et lui. Raide, Hermès gardait les yeux fixés sur l'emplanture — l'encaissement qui supportait le pied du mât —, incapable de relever la tête pour affronter de face le large, l'espace infini qui s'ouvrait à lui. Il craignait que le fond du navire ne s'entrouvre, déchiré par le trident de Poséidon, et que tous soient précipités dans les abysses peuplés de monstres et de tritons géants. Hermès se souvenait de ce récit terrible où Ulysse, poussé par la tempête, essuyait la colère des dieux

1. Le dieu du Vent chez les Grecs.

avant de perdre son équipage et son navire. « Zeus déchaîne un vent aux hurlements d'enfer et noie sous les nuées les rivages et les flots[2]. » Ces vers d'Homère lui martelèrent l'esprit, et il se mit à les bredouiller, trop obsédé par la peur pour penser à autre chose.

Tirya vint pirouetter devant lui.

— Lâche ton mât, chantonna-t-elle, et vois comme la mer est belle. Je la croyais verte mais elle est bleue.

Elle approcha de son ami à le toucher, puis ajouta pour le dérider :

— Aussi bleue que tes yeux ! Aussi profonde que ton regard !... Ah, se reprit-elle, ce n'est peut-être pas le mot que j'aurais dû employer.

Vexé qu'elle se moque de lui, et désirant garder une certaine contenance, Hermès tenta de lui communiquer son angoisse.

— Tu sais ce qu'il y a en dessous de nous ? Ça nage, ça grouille, ça nous observe, ça passe et ça repasse sous la quille, ça nous frôle des ailerons, ça prépare son coup de dents...

— Le navire est solide, le rassura Tirya, les marins sont à leur affaire. Ils nous mèneront à bon port.

Elle lui tendit la main, et poursuivit :

— Viens voir l'eau se creuser sous l'étrave, s'ouvrir en deux pour nous livrer passage.

— Écoute ! C'est le chant des sirènes ! Elles vont nous attirer sur des écueils.

La jeune fille soupira.

— C'est le vent dans les drailles[3]. Et ce qui saute, là-bas, sur la mer, c'est une bande de dauphins et

2. *L'Odyssée* — chant IX.

3. Cordages tendus, le long desquels glisse la voile.

non pas les chevaux de ton Poséidon. Tu es prisonnier de tes poèmes.

Hermès grommela entre ses dents, mais il ne se décida pas à se séparer de son mât. Tirya perdit patience.

— Eh bien, reste donc collé à ton poteau comme une huître à son rocher ! On le coupera pour te permettre de descendre !

Excédée, elle tourna les talons et alla s'accouder sur le bordage.

— J'arrive, grogna Hermès, fâché que les marins commencent à échanger des remarques à son sujet et à rire sous cape.

Il tituba vers elle, fit un effort intense pour s'approcher du bord.

— Redresse-toi, dit Tirya, les planches ne vont pas se briser devant toi.

Hermès évita de regarder sous lui. Il fixa l'horizon, posa les mains sur le plat-bord et respira à fond.

— Tes ancêtres couraient sur la mer. L'instinct va te revenir. Je suis sûre qu'avant la fin de la traversée tu enjamberas le bastingage pour aller flatter l'eau de la main.

— Je ne suis pas près de me pencher.

— Il faudrait peut-être que je te pousse.

Hermès se raidit, sur la défensive. Tirya crut qu'il allait retourner en courant vers son mât.

— Mais non, susurra-t-elle, je te laisse le temps de t'habituer à la mer. Vous finirez par vous apprivoiser l'un l'autre. Tu rentreras à Naucratis debout à la proue d'un vaisseau, et tes parents auront une nouvelle raison d'être fiers de toi.

— Je me demande comment ton père va réagir quand il nous aura retrouvés.

Tirya fit une petite moue : elle espérait qu'Arcélisas se serait déniché une autre épouse, et qu'Amasis n'aurait plus dans l'idée de la marier à quelque prince de Lydie, de Syrie, de Perse ou d'ailleurs.

— On aura droit à sa colère de Pharaon, et puis il redeviendra mon père, tout naturellement.

Sans quitter l'horizon des yeux, Hermès planta ses coudes sur le plat-bord et cala son menton sur ses mains. Il ferma les yeux, les rouvrit aussitôt sur le bouillonnement d'écume contre la coque. Une bouffée de panique lui oppressa la poitrine, le vertige creusa un tourbillon sous son crâne. Hermès eut envie de crier mais il se força au calme. « Je ne vais pas tomber, je suis à deux coudées au-dessus de l'eau. La mer ne m'aspire pas. C'est dans ma tête que je me noie, rien que dans ma tête. Il faut que je cesse d'être ridicule. » À se convaincre qu'il ne risquait rien, que Poséidon et ses tritons géants suivaient la course du navire avec bienveillance, Hermès s'apaisa. Il s'enhardit, tendit le bras vers l'eau, main ouverte, dans le geste de cueillir quelques gouttelettes de mer.

— J'ai l'impression d'avoir gagné une bataille, murmura-t-il.

Tirya se pencha vers lui. Leurs épaules se frôlèrent.

— Tu vois, dit-elle très tendrement, il suffit d'oser.

Le bateau voguait plein nord depuis deux jours quand le vent se mit à forcir, à se jeter du ciel et à filer au ras de la surface en longues coulées parallèles. La mer grisa, prit la couleur du plomb. Une muraille noire boucha la lumière, à l'ouest. Des nuées lourdes, oppressantes, couvrirent le ciel, s'abaissèrent sur les flots, enfermèrent le navire dans un recoin de la mer. Le capitaine fit carguer la voile pour éviter que, gonflée par le travers, elle n'aille coucher le vaisseau sur le flanc. Après quoi il se campa à côté du pilote afin de maintenir le second gouvernail[4]. Les marins vérifièrent l'arrimage des marchandises. Tirya et Hermès s'assirent au pied du mât et enroulèrent une corde autour d'eux, chacun serrant une extrémité dans ses mains. Le jeune Grec était blême. Tirya se demanda un instant si les dieux n'engendraient pas la tempête pour la punir et la renvoyer chez elle. Elle se pressa contre Hermès.

— J'ai peur... avoua-t-elle d'une voix étranglée.

Le vent enfla en un terrible et puissant ululement. La mer se creusa à gros bouillons, lança des vagues énormes qui retombèrent en mugissant. L'embarcation plongea, sauta, s'enfonça à nouveau. Les hommes accompagnaient chaque bond par des cris sauvages, hurlant que le souffle de Poséidon ne les briserait pas. Des crêtes d'écume phosphorescente se cabraient autour d'eux, claquaient contre la coque, à la fracasser. Des paquets d'eau volaient par-dessus le navire, fouettaient les marins, les renversaient, les traînaient jusqu'au bordage.

Le pilote et le capitaine pesaient de tout leur poids sur la barre pour maintenir le vaisseau face à la vague. Une lame arriva sur lui. Une montagne liquide roulée de l'horizon, chargée de bruits et de fureur. « Nous

4. Les navires avaient deux gouvernails latéraux, un de chaque côté de la poupe.

sommes morts », pensa Hermès. Le choc fut terrible : le navire, qui craquait de toutes ses planches, sembla s'envoler. Lorsqu'il retomba, le gouvernail broya le ventre du capitaine et cassa net. Le second fut arraché de son taquet avec un morceau du bordage.

Les nuées se déchirèrent, à la fois rousses et livides. Le tonnerre craqua dans une déflagration assourdissante. La foudre enflamma le ciel. La pluie s'abattit d'un coup, tranchante. Une violente secousse ébranla soudain l'armature. La tête de Tirya heurta le bois, l'assommant à demi. Un craquement sinistre !

— C'est le mât ! hurla un marin agrippé aux cordages. Il va tomber !

Hermès sentit le bois trembler contre son dos. Il leva les yeux, vit que le mât, éclaté en son milieu, vacillait au-dessus d'eux. Il comprit qu'il allait s'écraser, et retrouva une soudaine énergie.

— Détachons-nous ! cria-t-il à Tirya alors qu'une nouvelle gerbe balayait le navire, emportant deux marins et une partie du chargement de papyrus.

La jeune fille ne réagit pas. Quelques hommes d'équipage se retenaient comme ils le pouvaient aux câbles d'arrimage des marchandises, mais aucun ne leur vint en aide, trop soucieux de leur propre sécurité. Hermès lâcha sa corde, joua des épaules pour la détendre, puis il libéra son bras, tira sur le lien, le déroula enfin. Alors, saisissant son amie par la taille, il l'arracha au mât comme le sommet s'écroulait. La masse s'effondra au pied de l'emplanture.

— Il était temps, souffla Hermès.

Réfugié contre le bordage, le jeune Grec serrait Tirya contre lui. Elle retrouva ses esprits, se rendit compte qu'elle avait échappé de peu à la mort.

— Hermès... chuchota-t-elle, la joue contre sa poitrine.

Une volée d'eau noire fondit à nouveau sur eux, les colla contre les planches et les fit suffoquer. Le bateau s'inclina, manqua chavirer, se redressa en oscillant d'un bord à l'autre et ficha sa proue dans une vague hérissée devant lui.

Étendu sur le dos, Tirya dans ses bras, Hermès laissa la tempête rugir autour d'eux. Il n'y avait rien d'autre à faire qu'à s'agripper et attendre que les flots épuisent leur colère.

Un œil d'or s'alluma plus tard dans le ciel. Le vent faiblit, la pluie cessa, les nuages s'écartèrent, se dispersèrent en bandes violettes, s'effilochèrent... La mer demeurait cependant grise, encore agitée de spasmes. Le navire tournait en rond. Il avait perdu plusieurs hommes d'équipage et un tiers de sa cargaison. Les survivants, hébétés, n'étaient plus en mesure d'effectuer la moindre manœuvre, car comme tous les navires marchands, leur bateau n'était pas pourvu de rames. Ils se contentaient donc de scruter l'horizon.

— J'avais raison de craindre la mer, dit Hermès, un frisson dans la voix. Elle ne te glace pas d'effroi ? ajouta-t-il en désignant l'immensité qui les cernait.

— J'aimerais savoir où nous sommes, répondit Tirya.

— À la dérive. Perdus au milieu du monde.

7

LA NUIT DES CENDRES

Saïs dormait. De rares lueurs perçaient encore ici et là, mais la ville était lovée depuis un moment dans une grande nuit liquide aux reflets vif-argent. Trois ombres se découpèrent soudain en haut d'un mur. L'une suivant l'autre, elles s'élancèrent de toit en toit et de terrasse en terrasse. Le passage d'une patrouille les obligea à s'aplatir ventre à terre. Une fois les soldats éloignés, elles se relevèrent et reprirent leurs bonds de chat d'une maison à l'autre. Elles approchèrent ainsi de la Maison des Grains, non loin du palais d'Amasis. C'est là qu'étaient entreposées les réserves de blé, d'orge et de seigle qui approvisionnaient les cuisines du palais, celles des casernes avoisinantes et tous les boulangers de la ville. Deux sentinelles, en faction devant la porte, bâillaient d'ennui et de sommeil. Les trois silhouettes se coulèrent dans la rue. L'une d'elles s'avança alors à découvert et se mit à tituber, comme si elle était ivre. Elle s'en prit à une pierre sur son chemin, qu'elle insulta de belle manière.

— Ce braillard va réveiller le quartier! maugréa l'un des deux gardes. Il faut le faire taire.

— Oui, marmonna l'autre en s'appuyant sur sa lance.

Les deux hommes échangèrent un regard las.

— C'est bon, soupira le premier, j'y vais.

Il marcha vers l'ivrogne qui venait de lui tourner le dos et piétinait la pierre en lui ordonnant de disparaître dans le sol.

— Holà ! Cesse de braire ! ordonna le soldat.

L'ombre l'ignora et continua à donner des coups de talon au gros caillou. L'homme l'empoigna par l'épaule, et retourna l'individu d'un mouvement sec.

— C'est ton bandeau sur l'oreille qui te rend sourd ? gronda-t-il.

La lame d'un poignard s'enfonça dans son ventre jusqu'à la garde. Le soldat eut un hoquet muet, bouche ouverte, et essaya d'agripper quelque chose devant lui. Ses doigts se crispèrent sur une barbe tressée. Un second coup, porté au bas-ventre, lui fit lâcher prise. « Chaldéen... » eut-il le temps de penser avant de sentir la vie lui échapper. L'assassin le retint de tomber.

Le second soldat crut que son compagnon et l'inconnu se battaient.

— Assomme-le avec ta lance ! lui cria-t-il. Ce sac à vin doit être si...

Sa phrase finit en gargouillis. Quelqu'un venait de surgir derrière lui et emprisonnait sa gorge dans un lacet. Le soldat lâcha son arme, tenta d'arracher le fil qui l'étranglait. Les yeux fous, il cherchait à happer de l'air mais n'avala que des bouffées de feu. Le troisième homme surgit alors et lui faucha les jambes d'un magistral coup de pied. Le garde cracha sa langue, sa vue se brouilla, il cessa de lutter. Quand l'un de ses agresseurs lui planta sa propre lance dans le dos, il n'avait même plus conscience d'être tombé sur le ventre.

Les trois tueurs traînèrent les cadavres dans la cour de la Maison des Grains. Dix énormes silos en forme d'œuf, de quinze coudées de haut, étaient édifiés contre les murs ; des escaliers érigés entre leurs flancs permettaient d'atteindre l'orifice situé au sommet, par lequel les paysans déversaient leurs grains.

— J'espère que les jarres sont bien à leur place, dit l'homme à la barbe tressée.

— Nous aurions été prévenus s'il y avait eu un problème.

— Pourvu qu'il n'y ait pas de singes tapis dans quelque recoin. La dernière fois, à Memphis, il m'en a coûté la moitié de l'oreille droite.

Ils s'engagèrent dans une cour de service qu'ils longèrent jusqu'à une sellerie. Là, ils s'arrêtèrent près d'un appentis où l'on rangeait des paniers, des nattes d'ajoncs, des poteries usagées. Ils soulevèrent des vieilles peaux, découvrirent leurs jarres. Chacun en chargea deux sur ses épaules et retourna vers la cour des silos. Ils gravirent les marches, déposèrent leur fardeau en haut des escaliers et repartirent chercher les autres jarres. Quand elles furent toutes amenées près des réserves à céréales, les trois hommes retirèrent les couvercles des silos, débouchèrent les jarres et vidèrent leur contenu sur les grains. Un relent d'huile d'éclairage se répandit dans la cour. Les assassins se regroupèrent alors, s'accroupirent — presque front à front — et allumèrent une mèche de lin. Ils enflammèrent des lambeaux de tissu imbibés d'huile et les jetèrent dans les silos. Le feu courut en nappe à la surface, hésitant à s'infiltrer entre les grains.

— Laissez l'huile chauffer, murmura l'homme à la barbe tressée. Les flammes brasseront tout ça comme une main sauvage.

Le feu grandit, se coula sous les graines. Les réserves s'embrasèrent. Des nuées de flammes et d'étincelles jaillirent des ouvertures en crépitant tandis qu'une odeur âcre prenait à la gorge. Les incendiaires s'éclipsèrent avant que ne retentissent les cris d'alarme. Les serviteurs furent les premiers à se ruer dans la cour, très vite rejoints par des soldats et quelques officiers. Une chaîne d'eau s'organisa à partir d'un puits, mais il était déjà trop tard : les dix silos flambaient de la base au sommet, et l'air était devenu irrespirable.

— Nous perdons toutes nos réserves d'un coup, déclara un officier de sécurité du nom de Reza au chef de la Maison des Grains accouru à la hâte.

L'un après l'autre, les silos crevèrent sous l'effet de la chaleur, dégorgeant des langues brûlantes, noirâtres, qui s'accumulèrent en couches épaisses entre les murs. L'incendie faillit se propager jusqu'aux bureaux de la Maison des Grains, mais l'arrivée rapide des secours étouffa le brasier sous des centaines de paniers de terre prélevée des jardins. Les flammes cessèrent de se cabrer, de jeter en plein ciel leurs gerbes tournoyantes. Elles se couchèrent, reculèrent, serpentèrent encore un instant, attendant le coup de vent qui les regonflerait et les relancerait à l'assaut, mais elles finirent par s'asphyxier sous les cendres. Les hommes veillèrent toute la nuit, inquiets, craignant que les halos rougeoyants ne se ravivent. Au matin, ce qui restait des silos fumait toujours, et d'entêtants effluves de grain brûlé flottaient sur la ville.

Amasis avait la mine sévère. Il écouta sans l'interrompre l'officier Reza puis il hocha la tête, pensif.

— Il y a des traîtres dans la Maison des Grains, assena-t-il, la présence des jarres le prouve. Elles étaient entreposées là depuis un moment sans doute. Ceux qui ont mis le feu ne les ont pas transportées sur leur dos à travers la ville.

— J'ai fait interpeller tous ceux qui, de près ou de loin, ont une activité qui touche à l'huile d'éclairage, indiqua Ménélas. Mais je n'oublie pas non plus les employés de la sellerie ni les palefreniers puisque les écuries sont proches de l'appentis, ni tous ceux qui empruntent quotidiennement la cour de service.

— En somme, tu m'annonces que presque tout le personnel est suspect, grommela Amasis.

— Les coupables sont sous nos yeux, renchérit Ménélas. Reza et moi mènerons l'enquête auprès de tous ceux qui travaillent dans la Maison des Grains. Et je pousserai mes investigations jusqu'au palais.

— L'huile peut provenir de l'extérieur, suggéra Reza, amenée à petites doses par un ânier qui a déclaré livrer de l'eau ou du lait. Quoi de plus simple que de verser à chaque fois le contenu dans...

— Cela fait beaucoup de va-et-vient, le coupa Pharaon. Et puis il y a des gardes qui patrouillent dans les locaux.

— On aura attendu qu'ils s'éloignent, supposa Ménélas. Ou alors ils sont au nombre des complices.

Amasis fit un signe de la main pour arrêter la discussion. Il avait besoin d'un instant de silence. Il promena son regard sur chacun des présents : outre Reza et Ménélas, il y avait quelques soldats de sa garde personnelle, Negeb — le chef de la Maison des Grains —, plusieurs hauts fonctionnaires, et Pnoum le grand prêtre, ainsi que le roi de Cyrène et son fils aîné. Tous l'observaient, assis en arc de cercle devant lui. Certains, consternés par les événements, avaient le visage grave, d'autres demeuraient impassibles sans qu'il fût permis de deviner s'ils étaient éprouvés ou non.

— C'est moi qu'on cherche à atteindre, dit enfin Pharaon d'une voix sourde. L'assassinat de Tahoser et la destruction de nos réserves de grains visent à semer un doute dans les esprits : le nouveau Pharaon est-il capable d'assurer la sécurité des personnes et des biens ? Je crains pour la vie d'Apriès : s'il meurt sous les coups de l'avaleur d'ombres, on m'estimera coupable et ses partisans se dresseront directement contre moi. Entoure-toi de mes Hommes de Bronze, conseilla-t-il au roi Battos. Je ne serais pas surpris que l'ordonnateur de ces crimes pense à te faire disparaître dans le but de rompre notre alliance.

— Je ne veux pas accroître ta charge de soucis, répondit le roi de Cyrène. J'ai prévu de partir demain.

— Pas sans Tirya ! s'exclama Arcélisas le Dur. Je suis venu chercher une épouse, je rentrerai avec elle ! Je traquerai ce Grec qui l'a enlevé et je lui arracherai le cœur !

— Les fouilles à Naucratis n'ont rien donné, intervint Ménélas. D'ailleurs je l'aurais parié. J'ai placé la maison de Lysias sous surveillance, à tout hasard. On recherche Tirya et Hermès de Naucratis à Tanis et de Memphis à Bouto. J'ai envoyé un messager à Thèbes pour le cas où ils auraient réussi à remonter le Nil, mais je suis sûr que nous perdons notre temps. Tirya réapparaîtra dès qu'Arcélisas aura quitté l'Égypte. Elle n'est pas loin. Je suis d'avis de nous asseoir et de l'attendre.

— On peut au moins les forcer à montrer leur nez ! s'emporta Arcélisas. Qu'on s'empare du père et de la mère du Grec, qu'on fasse courir le bruit qu'on ne les remettra en liberté que si...

Battos eut un cri indigné. Il décocha à son fils un tel regard qu'Arcélisas se tut et baissa la tête. Battos se leva puis s'inclina devant Pharaon.

— Pardonne à celui que la colère étouffe, il n'a plus son bon sens et les mots vont plus vite que sa réflexion. Je comprends que ta fille préfère le vent d'Égypte à une tanière d'ours. Je ne lui en tiens pas grief, et je t'assure pleinement de mon amitié et de mon soutien.

— Qu'en pense Arcélisas ?

Les yeux d'Amasis s'ancrèrent dans ceux de l'homme. Le fils de Battos se prosterna devant le Maître des Deux Terres.

— Cyrène sera toujours une alliée de l'Égypte, grogna-t-il. Mais...

— Mais... ? répéta Pharaon en fronçant les sourcils.

Les cous se tendirent. Battos se demanda s'il ne devait pas assommer son fils.

— Mais je ne désespère pas d'épouser Tirya.

— Il te faudra alors l'attacher toute sa vie à ton char, lui rétorqua son père. Le temps cicatrisera les blessures, ajouta-t-il à l'adresse d'Amasis.

Pharaon le remercia d'un sourire puis il se tourna vers Reza.

— A-t-on trouvé les complices de l'assassin de Tahoser ? Où en est l'enquête à Memphis ?

L'officier évita le regard perçant de son roi.

— L'homme qui était en faction devant la porte, côté jardin, a été retrouvé égorgé au fond d'un puits. Je pense qu'il s'est laissé approcher sans méfiance parce qu'il connaissait son assassin : celui-ci faisait certainement partie du personnel. L'agresseur ignorait cependant que la sentinelle avait un animal familier — un babouin — qui lui tenait compagnie. L'animal devait gambader au moment de la mort de son maître, mais il a attaqué le meurtrier de Tahoser près de la terrasse. L'homme l'a transpercé de coups.

— Comment peux-tu affirmer que c'est l'assassin de la jeune femme que le babouin a assailli ?

— On a découvert un morceau d'une oreille droite à cet endroit. Or personne ne présente une semblable blessure au palais de Memphis. Je suis convaincu que le complice de l'avaleur d'ombres s'y trouve toujours. Officiers, soldats, serviteurs, scribes... la liste des suspects est longue, mais je ne dispose d'aucun indice pour cibler mes recherches.

Ménélas crut bon d'ajouter :

— À mon avis, ils sont plusieurs à graviter autour de ces meurtres. Cela sent la conspiration. Certains s'occupaient de faire le guet dans le jardin pendant qu'on égorgeait et qu'on transportait le garde jusqu'au puits.

Pharaon s'accouda sur un bras du siège, posa le menton sur son poing fermé.

— Est-ce que ce sont les mêmes qui ont perpétré

leurs forfaits à Memphis et ici, ou existe-t-il un complot qui possède déjà des ramifications d'une ville à l'autre ? réfléchit-il à haute voix. Qui peut avoir intérêt à s'attaquer à Apriès et à moi ? Quelqu'un cherche-t-il à s'emparer du trône ou s'agit-il d'une action visant à provoquer une guerre civile entre partisans pour affaiblir l'Égypte ?

Amasis se redressa.

— Mets les Hommes de Bronze en état d'alerte, ordonna-t-il à Ménélas. Préviens mes généraux, poursuivit-il en s'adressant à Reza. Je les attends demain à l'aube dans la Maison des Armées.

Comme les deux hommes s'apprêtaient à quitter la salle, Amasis les rappela d'un signe du doigt. Il les fit s'approcher, leur glissa à l'oreille :

— Ayez l'œil sur Ousert, le Grand Échanson. Il pourrait bien être impliqué dans la destruction des silos.

— Tu penses qu'il serait à l'origine de la livraison de l'huile ? hasarda Ménélas.

— Trouvez des preuves. Fouillez aussi du côté des scribes et de leurs papyrus : ils contiennent peut-être la trace d'une malversation, d'un faux ordre de transfert ou d'un rajout à une commande.

Amasis regarda s'éloigner les deux hommes, ferma les yeux, poussa un profond soupir.

— Maintenant, occupons-nous des dieux.

Pnoum, le grand prêtre de Neith, n'attendit pas que Pharaon l'interroge pour annoncer :

— C'est Kay qui tenait le rôle de Seth lors de ton couronnement. Je l'ai pressé de questions. Il semblerait qu'il ait heurté le pschent par simple maladresse.

— Tu le crois sincère ?

Pnoum hésita avant de répondre.

— Eh bien ? s'impatienta Pharaon.

— Je n'ai pas la preuve qu'il ment. Je le tiens à l'œil depuis ce jour-là, mais je ne l'ai pas pris en défaut une seule fois. Il s'acquitte de sa tâche au temple et n'a aucun contact avec l'extérieur.

— Les traîtres sont des malins, assura Pharaon. Ils doivent communiquer entre eux par un réseau de scribes ou de servantes, de gardes ou de prêtresses qui évoluent sous notre nez d'une façon toute naturelle. C'est pour cela qu'ils paraissent invisibles et insaisissables. Qu'on en ferre un, qu'on le secoue bien pour le faire parler, et les autres tomberont comme des figues dans un panier ! Ne lâche pas ce Kay : s'il est complice, il finira par commettre une erreur à un moment ou à un autre.

Pnoum se passa la main sur son crâne chauve, et souffla :

— L'ennui, c'est qu'on ne sait pas si le surveillant n'est pas de mèche avec le surveillé. Le complot peut être très étendu.

— À toi de le découvrir. Prie les dieux de t'éclairer : ils ne peuvent pas laisser s'installer le chaos. Negeb, poursuivit Amasis en s'adressant au chef de la Maison des Grains, tes scribes ont-ils établi une estimation des pertes que nous avons subies ?

Negeb avait mauvaise mine : il avait passé une partie de la nuit à se battre contre l'incendie avec les secours. Il annonça d'une voix traînante, empreinte de fatigue :

— Les grains qui n'ont pas brûlé sont imbibés d'huile. On ne peut même pas les donner aux animaux. Il nous reste un silo de réserve dans la Maison des Armées, et deux dans le temple de Neith. Il faudra que les prêtres diminuent la part des dieux pour redistribuer le blé aux hommes.

Pharaon fit une moue : les silos du sanctuaire étaient plus petits que ceux de la Maison des Grains et ne fourniraient de la nourriture que pour deux mois.

— Vous pourriez exiger de chaque ville et de chaque village un prélèvement supplémentaire, suggéra Negeb.

— Les édiles[1] et le peuple supporteraient mal ce genre de réquisition. C'est ce qu'espèrent ceux qui s'agitent dans l'ombre, mais je ne veux pas entamer mon règne par une surcharge d'impôt qui ternirait mon image.

— Il n'y a pourtant pas d'autre solution si on veut éviter la famine à Saïs, termina le chef de la Maison des Grains.

Pendant une fraction de seconde, Amasis se demanda si Negeb n'était pas du nombre des conjurés lui aussi, puis il chassa cette vilaine pensée. C'est alors qu'un garde pénétra dans la salle et vint s'incliner devant lui.

— Lysias, le père d'Hermès, demande à vous parler.

— Si c'est au sujet de son fils et de ma fille, je n'ai pas de nouvelles, répondit Pharaon en cueillant de l'œil une réaction d'Arcélisas... Introduis-le tout de même !

Dès qu'il entra, Lysias sentit sur lui le regard hargneux d'Arcélisas le Dur. Il l'ignora, se prosterna devant le Maître des Deux Terres, et choisit ses mots.

1. Les magistrats, les hauts fonctionnaires des villes.

— Je viens d'apprendre le malheur qui vous frappe, mais la communauté des marchands grecs de Naucratis peut vous venir en aide.

Amasis le dévisagea d'un air étonné.

— J'ignorais que vos entrepôts privés regorgeaient de tant de céréales.

— Non pas, se défendit Lysias, mais nos navires sillonnent la Méditerranée. Nous avons bon nombre de colonies en Grande Grèce et sur l'île des Sicules[2]. Ce sont des terres à blé. Si les navires partent rapidement, ils peuvent être de retour avec leur cargaison dans moins de deux mois.

Amasis s'adossa contre le dossier de son siège.

— Cela m'éviterait bien des soucis, avoua-t-il. Les bénéfices douaniers de Naucratis étaient reversés au temple de Neith... (Lysias acquiesça d'un mouvement de tête.)... Je lève cette mesure pour deux ans et autorise les colons grecs à accroître leur commerce dans le port de Memphis. Retournez d'urgence à Naucratis et faites appareiller les navires au plus vite.

— Votre générosité me touche, dit Lysias en posant la main sur son cœur. Je n'en espérais pas tant.

— Vous autres Grecs êtes marchands, rappela Pharaon avec un fin sourire. Ce serait une erreur de ma part de l'oublier.

2. La Grande Grèce correspond au sud de l'Italie. L'île des Sicules est l'ancien nom de la Sicile.

8

L'ÎLE DE MELKART

Tous les regards étaient posés sur la chose qui tremblotait à l'horizon.

— C'est un navire, dit un marin.

— Non, non, corrigea le pilote, cela ne bouge pas vraiment. J'ai l'impression qu'une bande s'étire de part et d'autre, derrière. C'est peut-être la terre.

Tirya voulut demander de quelle terre il s'agissait, mais elle préféra attendre : il fallait être sûr que le liséré diffus qui barrait la mer, au loin, n'était pas une simple masse brumeuse flottant au ras de l'eau.

Le bateau avançait lentement, au gré des vagues roulées par la faible marée. L'équipage ne parlait pas. Les gorges étaient sèches, les lèvres et les paupières brûlées par le sel et le soleil. Tous avaient les mains crispées sur le bordage, l'œil fixe et le cœur battant.

— Pourvu que ce soit le rivage, priait Hermès, et non pas la levée d'une nouvelle calamité. Hadès[1] est capable de souffler vers nous les âmes des morts qui nous saisiraient dans un frémissement terrible.

Tirya ne savait quelle divinité invoquer. Elle laissa la mer aux dieux d'Hermès, s'accrocha à son bras,

1. Dieu grec des Enfers.

posa la tête sur son épaule. Le jeune homme la sentit s'abandonner contre lui. Il en éprouva un sentiment de fierté, se regonfla d'une bouffée de courage.

— Nous nous en sortirons, assura-t-il. Si la mer avait voulu nous prendre, elle l'aurait déjà fait.

— Des oiseaux ! s'exclama tout à coup un marin.

Le mot magique ! L'oiseau annonçait la terre. Des mouettes glissaient dans le ciel, en filées blanches. Un pélican curieux s'approcha du navire, vola en cercle au-dessus de celui-ci puis plongea brusquement dans les flots.

— C'est la terre ! C'est la terre ! hurla un homme.

L'équipage laissa éclater sa joie. Tirya serra plus fort le bras de son ami. Hermès pencha la tête, lui déposa un baiser sur le front. Elle releva son visage, tendit ses lèvres. Hermès sourit, lui posa un doigt sur la bouche. Non, il ne voulait pas l'embrasser devant tous ces hommes : ils en feraient des gorges chaudes jusqu'à l'accostage. Et puis l'attitude de Tirya était sans doute dictée par la lassitude, un relâchement de sa tension des derniers jours. Ce qu'Hermès désirait, c'était tenir dans ses bras une jeune fille pleine de vie. Seuls, les yeux dans les yeux, ils s'avoueraient clairement leur amour et s'uniraient alors par un baiser merveilleux. Hermès se noya un très court instant dans l'image du bonheur, mais le doute revint le tarauder : Tirya l'aimait-elle ? « Je me battrai pour l'obtenir, se promit le jeune Grec, même si j'ai contre moi tous les Battos-aux-mots-de-miel de la Terre. »

L'euphorie passée, on commença à s'interroger sur la côte qui se profilait au loin.

— La tempête nous a fait tourner en rond,

déclara un marin. Nous sommes de retour en Égypte, à l'est du Delta. Sans doute à Péluse...

— Non, rectifia le pilote, j'ai bien observé le soleil ce matin. Nous sommes face au Levant. C'est peut-être Gaza vers laquelle nous flottons.

— Le vent nous a poussés plus loin à l'intérieur de la mer, objecta un vieux marin habitué aux traversées. Ce rivage est celui de la Phénicie. Qu'on me coupe un bras si je me trompe !

— Tu as froid ? s'étonna Hermès en sentant Tirya frissonner contre lui.

— Non, répondit-elle, mais si la côte est phénicienne, nous abordons en pays ennemi. Nabuchodonosor s'est emparé de tous ces territoires depuis des années.

Hermès avala sa salive.

— Et alors ?...

— Alors j'aimerais mieux affronter une nouvelle tempête ou la vague des morts libérés par ton Hadès plutôt que de tomber entre ses mains. Mon père m'a raconté qu'après la chute de Jérusalem, Nabuchodonosor a fait crever les yeux du roi Sédécias qui défendait la ville. Mais d'abord, il l'a forcé à assister à l'égorgement de ses enfants.

— C'est horrible !

— Ce n'est pas tout, poursuivit Tirya. Nabuchodonosor a détruit Jérusalem jusqu'à ses fondements ; il ne reste du temple que quelques pierres[2], et il a emmené les Hébreux en captivité à Babylone. Leur

2. Ces pierres de la façade ouest subsistent encore aujourd'hui : on les appelle le mur des Pleurs ou encore celui des Lamentations.

sort ne doit pas être plus enviable que celui des prisonniers condamnés aux mines. Quand Nabuchodonosor a assiégé Tyr, les habitants en étaient réduits à se nourrir de chair humaine. Le Babylonien a beaucoup ri lorsqu'il l'a appris.

— On ne peut pas démonter les planches du bordage et fabriquer des rames ? lança Hermès à la cantonade. On regagnerait le large...

Personne ne releva. Le littoral grossit, une île se découpa devant la côte.

— J'avais raison, c'est Tyr, annonça le vieux marin.

Le port s'ouvrait en arc de cercle sur la mer, barré par une digue pour briser la violence des flots. La ville s'étendait par-delà, dominée par un temple massif en granit gris consacré à Melkart, le dieu phénicien symbolisant l'alternance des saisons, la mort et la renaissance. Tirya murmura à l'oreille d'Hermès :

— Nous nous séparerons de l'équipage sitôt à terre. Nul ne doit savoir que je suis égyptienne. Fais-moi passer pour ta sœur muette.

— L'aventure me paraît mal engagée.

— Pourquoi ?

— Parce que tu ne vas jamais pouvoir retenir ta langue.

Tirya se raidit, le foudroya du regard.

— Je n'ai pas envie de rire. Si on apprend que je suis la fille d'Amasis, on m'emmènera à Babylone. Nabuchodonosor disposera alors d'un moyen de pression contre mon père.

— D'un autre côté, avouer qui tu es peut nous sauver la vie... Je ne crois pas que les soldats feront grand cas d'une simple jeune fille et de son frère s'ils nous capturent.

Le navire approcha de l'île. Peu de bateaux étaient amarrés à quai, les marchands évitant le port pour n'avoir pas à payer la taxe exorbitante réclamée par les Chaldéens — les Babyloniens —, à savoir le quart de la cargaison. Ils préféraient livrer leur chargement dans les ports du Nord, comme Ugarit, qui ne s'étaient pas révoltés contre la présence babylonienne et n'étaient donc pas soumis à l'impôt de guerre.

— Ils nous ont vus, remarqua Tirya, ils s'agitent sur le quai.

— Ils se sont rendu compte que nous étions incapables de diriger le vaisseau, commenta le pilote. Ils vont détacher une embarcation vers nous.

Le navire se mit à tourner lentement sur sa quille et se retrouva parallèle à la côte. Pris par la dérive, il commença à dévier, dépassa le port, longea la digue à une distance de deux cents coudées. Des soldats apparurent, portant des lances et de grosses outres gonflées. Ils sautèrent à l'eau, s'agrippèrent à leurs bouées et nagèrent vers le bateau.

— Ils nous attaquent ? s'étrangla Hermès.

— Ils sont pressés de faire main basse sur la cargaison, expliqua le vieux marin. Leur embarcation ne manœuvre pas assez vite, à leur goût. Que personne ne résiste surtout ! Le vin et le papyrus ne nous appartiennent pas, notre vie si !

Lorsqu'ils ne furent plus qu'à deux brasses de la coque, les soldats fichèrent les lances dans le bois et s'en servirent pour se hisser jusqu'au bordage. Les premières têtes émergèrent — cheveux bouclés, barbe tressée — puis les hommes enjambèrent le plat-bord.

— C'est une prise de guerre ! aboya celui qui semblait être le chef.

Son regard courut de l'un à l'autre, s'attarda sur Tirya.

— Belle prise en vérité, rajouta-t-il avec un vilain sourire.

— Nous sommes grecs, risqua Hermès. La tempête nous a drossés vers la côte.

L'homme comprenait un peu sa langue. Il baragouina en grec :

— La tempête ?... Quelle belle alliée ! Elle vous a coulés, la tempête. Elle a pris le navire et vos corps. Personne ne se souciera plus de vous.

— Que comptez-vous faire de nous ?

— La décision revient au général Amaël-Marduk. S'il ne s'agissait que de moi, je vous renverrais tout de suite aux poissons.

À ce moment l'embarcation sortit du port, doubla la jetée, arriva par l'arrière. Des cordes volèrent lorsque les deux navires se retrouvèrent flanc à flanc. Les marins les attrapèrent, se hâtèrent de les fixer à la proue. Un choc ! Toute l'armature trembla. L'avant du navire plongea, se redressa, puis son étrave fendit l'eau. Mu à la rame, le bateau phénicien tracta le navire grec jusqu'au port. Deux Phéniciens, sur le quai, placèrent la passerelle. D'autres accoururent, pressés par des soldats babyloniens.

— Transportez ce chargement au temple de Melkart ! commanda un officier dans une langue bourdonnante. Quand le navire sera vide, allez le couler au large !

— Que fait-on de ces Grecs ?

— Qu'ils aident à porter ! répondit-il. Ça évitera d'aller chercher les ânes.

Les ordres claquèrent. Les soldats secouèrent les marins pour les mettre à l'ouvrage. Hermès souffla à l'oreille de Tirya :

— C'est fini. Nous ne sommes plus grand-chose à présent.

9

LES FILLES DE POUSSIÈRE

Jarres et ballots sur l'épaule, la colonne des porteurs phéniciens et des Grecs traversa un dédale de ruelles pour monter vers le temple de Melkart transformé en entrepôt sur les ordres du général babylonien commandant la place. Ainsi, la cité vaincue était même privée du droit d'honorer son dieu. Les soldats ouvraient la marche, écartaient les gens plantés devant les artisans qui présentaient leurs produits sur des nattes ou sur la terre battue. Tirya leva la tête, découvrit des enfants perchés sur les terrasses et qui les suivaient des yeux, silencieux comme des ombres. Elle comprit que Tyr avait perdu ses rires, ses jeux, sa joie de vivre : face à l'armée d'occupation, la ville taisait son âme.

Le temple de Melkart se dressait au sommet d'une construction pyramidale flanquée d'un escalier monumental dont les rampes latérales s'ornaient de bas-reliefs évoquant des protomes[1] stylisés de taureaux. Un bassin sacré était situé à droite, un bassin à ablutions à gauche. Deux lions ailés juchés sur des blocs montaient la garde au pied de l'édifice. Tirya aborda l'escalier avec un pincement au cœur. Qu'al-

1. Partie antérieure de l'animal.

lait-il se passer une fois la cargaison entassée dans le temple ? Amasis n'imaginerait jamais que sa fille puisse se trouver en Phénicie. Il ne la ferait jamais rechercher dans ce pays. Hermès avait peut-être raison. Si les soldats ne la libéraient pas, elle crierait haut et fort que son père était Pharaon, son statut de princesse héritière représentant encore sa meilleure garantie. « Pourquoi attendre ? réfléchit-elle. La ville nous regarde et nous entend. » Elle brandit sa jarre, la fracassa sur une marche en s'écriant :

— Non ! On ne traite pas ainsi la fille du Maître des Deux Terres !

Le vin éclaboussa ses jambes et celles du marin qui marchait devant elle. Les soldats crurent d'abord que la jeune fille avait trébuché. L'un d'eux courut vers elle. La file des porteurs s'arrêta. Sidéré, Hermès crut que son amie venait de perdre l'esprit. Les gardes ne comprenant pas l'égyptien, ils allaient la massacrer. Hermès fit semblant de chanceler quand le soldat passa à sa portée. Il réussit à le bousculer mais l'homme, se reprenant, le repoussa si violemment qu'il envoya le Grec à terre. Le soldat arriva sur Tirya, leva la main pour la frapper. La jeune fille lui décocha un coup de pied dans le tibia, bloquant l'attaque. Elle lui colla alors son amulette sous le nez et lança bien haut :

— Je ne suis pas grecque mais égyptienne ! Je porte le scarabée de Néfertari ! Mon père est Amasis, le Pharaon d'Égypte ! Néfertari, Ramsès, Amasis, Pharaon, tu comprends ces mots, tête de courge ?

Le vieux marin, qui connaissait la langue akkadienne[2], traduisit du mieux qu'il put. Cela ne calma pas la fureur du bonhomme.

— Elle est grecque, ragea-t-il. Je vais la tuer ! Ça vengera du même coup l'Égyptien à qui elle a volé cette pierre.

Son officier s'interposa. Il regarda Tirya en face, lui demanda en grec :

— Quel est ton nom ?

La jeune fille se tourna vers Hermès.

— Qu'est-ce qu'il raconte ?

— Il veut savoir comment tu t'appelles.

Avant qu'elle ne réponde, l'officier grommela :

— C'est curieux : cette Grecque ne comprend pas le grec mais s'exprime en égyptien. Viens avec moi ! fit-il avec un geste pour qu'elle le suive.

— Vous ne la croyez quand même pas ? s'offusqua le soldat.

— Le général tranchera. Ce n'est pas à moi de supporter le poids d'une erreur.

Tirya croisa les bras, se campa sur ses jambes, bien décidée à résister.

— Je n'irai nulle part sans mon ami !

Hermès répéta ses paroles à l'officier, mais celui-ci s'emporta. Il aboya tout près du visage de Tirya :

— Tu n'es pas en mesure de dicter tes conditions !

Il l'attrapa par le bras, la poussa en avant. Le soldat contint la réaction d'Hermès en se plantant devant lui, l'air féroce, puis il donna l'ordre à la colonne de continuer à grimper.

2. L'akkadien fait partie de la langue araméenne : c'est un ensemble de parlers sémitiques répandus en Chaldée, en Assyrie, en Palestine.

Tirya essaya de se dégager mais la poigne de l'homme était ferme. Il l'entraîna le long d'une avenue et ne la lâcha que lorsqu'ils furent parvenus à un bâtiment ceinturé de gardes : le quartier général des forces babyloniennes. Amaël-Marduk les reçut dans une salle recouverte de mosaïques aux motifs géométriques. Il écouta les explications de son officier tout en toisant Tirya de la tête aux pieds.

— Ainsi tu es la fille d'Amasis... commença-t-il dans la langue de Tirya.

Elle fit oui de la tête.

— Pour quelle raison Pharaon t'aurait-il envoyé sur la mer ?

— J'allais rendre visite à Alyattès, le roi de Lydie.

— Bien sûr, minauda Amaël-Marduk. Voilà pourquoi tu as embarqué sur un navire grec et que tu as revêtu cette tenue d'Hellène. L'Égypte ne dispose plus de vaisseaux pour ses ambassadeurs ? Les robes égyptiennes sont jugées indécentes au-delà du Delta ?

Son regard se durcit. Il frappa du poing le bras de son siège, demanda d'une voix autoritaire :

— Ton nom ! Tu es une espionne, n'est-ce pas ? On manque à ce point de courage dans ton pays pour envoyer une fille...

Tirya ne le laissa pas finir. Elle clama :

— Je suis Tirya, fille de Pharaon, princesse héritière d'Égypte ! À ce titre, j'exige que...

— Je suis le général Amaël-Marduk, le fils de Nabuchodonosor ! répliqua l'homme sur le même ton. À ce titre, je peux exiger ta tête !

Tirya se tut, réfléchit à ce qu'elle pourrait ajouter pour le convaincre.

— Où sont tes gardes ? reprit le Babylonien.

Depuis quand un roi laisse-t-il partir sa fille sans escorte ? Il ignore que des pirates sardes et crétois sillonnent la Méditerranée ?

Tirya réfléchit. Le mieux était encore de dévoiler la vérité. Elle raconta que son père voulait la marier à Arcélisas le Dur, et qu'elle s'était enfuie du palais.

— Les parents de mon ami connaissaient notre destination, mentit-elle. Au bout de deux jours, ils devaient mettre mon père au courant. Les vaisseaux égyptiens ne vont pas tarder à fouiller Rhodes, puis toute la côte orientale.

— Je ne te crois pas.

Amaël-Marduk allait la remettre à son officier pour qu'il la remmène auprès des autres prisonniers, quand une voix éclata dans le dos de Tirya, issue de la porte.

— Tu as tort, car elle est bien la fille d'Amasis.

Cette voix !... Tirya se retourna.

— C'est... c'est impossible, balbutia-t-elle. Tu es morte.

— Les apparences sont souvent trompeuses, déclara Tahoser en venant se pavaner devant sa rivale. Les morts ne sont pas morts, les princesses ne le restent pas longtemps, certaines risquent d'ailleurs de finir dans quelque basse-fosse.

— Tu n'oserais pas ! protesta Tirya, sur la défensive.

Tahoser l'attrapa par le col de son vêtement. C'est d'une voix empreinte de colère qu'elle assena :

— Ton père n'a pas osé s'emparer du trône ? Il n'a pas osé enfermer son Pharaon dans le palais de Memphis ? Il n'a pas osé t'élever à la place qui était la mienne ?

Tirya lui donna une grande claque sur le front pour la faire reculer.

— L'Égypte ne souffre ni les faibles ni les traîtres.

Elles s'empoignèrent, cherchèrent à se mordre pour se forcer l'une l'autre à lâcher prise. Sur un signe de son général, l'officier tira son sabre et fit mine de trancher l'air entre elles afin qu'elles se séparent.

— Honte à toi qui viens quémander le secours de l'ennemi ! termina Tirya. Tu pourriras dans les entrailles de Seth. Qui as-tu fait mourir à ta place ?

— Une servante à qui j'avais demandé d'endosser mes vêtements.

— Personne n'a remarqué la substitution ?

— L'avaleur d'ombres — un certain Moloch dépêché par Babylone — a si bien défiguré le visage de cette fille que nul n'a pu le reconnaître. J'ai revêtu les habits de la servante pour quitter le palais. Je voulais avoir les mains libres pour contacter mes réseaux. À présent chacun sait ce qu'il a à faire. De plus, quitter Memphis me mettait à l'abri d'une éventuelle guerre civile.

— Et ton père ? Et ta sœur Ninétis ? Ils sont toujours à Memphis, eux ! Tu ne crains pas pour leur vie ?

— Ni l'un ni l'autre ne se doutent que je suis vivante.

— Comment ? s'étonna Tirya. Ils ne sont pas au courant de tes manigances ? Ce n'est pas pour rendre son trône à Apriès que tu t'es acoquinée avec Babylone ?

— Mon père a toujours été un faible, et ses décisions l'ont conduit de défaites en catastrophes. Ninétis et lui n'auraient pas pu jouer la comédie de la douleur bien longtemps. Une parole, un sourire les auraient vite trahis. Ramose devait m'épouser et remplacer mon père, mais il a été tué lors du siège de Cyrène[3]. Alors j'ai prévu quelqu'un d'autre.

— Tu espères que Nabuchodonosor ou son fils vont te prendre pour femme ? Tu penses qu'à travers toi ils vont hériter du titre de Maître des Deux Terres ?

Amaël-Marduk suivait la scène d'un œil goguenard.

— Nous n'avons pas besoin d'une fille d'Horus pour nous rendre maîtres de l'Égypte, gloussa-t-il.

— Le temps des conquêtes est révolu, rappela Tirya. On n'envahit plus mon pays comme on va aux vendanges. Assourbanipal et ses Assyriens l'ont appris à leurs dépens : nos paysans cultivent encore sur leurs cadavres, dans le Delta.

Le sourire s'effaça des lèvres du général. Tirya l'acheva.

— Mon peuple n'acceptera jamais qu'un roi étranger porte la double couronne. Nabuchodonosor a bien assez de son empire. S'il se frotte à mon père, il ne lui restera plus que son pouce à sucer.

L'officier vit s'empourprer son général et demanda :

— Dois-je emmener cette fille d'ici ?

Amaël-Marduk secoua la tête. Il répondit à Tirya sur un ton très sec :

— C'est bien parce que nous ne voulons pas d'éternelles révoltes que nous tolérerons un nouveau Pharaon en Égypte après avoir vaincu Amasis et annexé la partie orientale du Delta.

— Un Pharaon fantoche qui mangerait dans la

3. Voir *Le Complot du Nil.*

main de Nabuchodonosor. Quelle destinée grandiose tu envisages ! railla Tirya en se tournant vers Tahoser. Et tu as trouvé quelqu'un pour espérer partager avec toi ce trône de misère ?

— Je dispose d'appuis solides à Saïs et ailleurs, se défendit Tahoser. Les partisans d'Apriès sont en réalité mes partisans. Un nouveau Pharaon se lève dans l'ombre.

— Qui s'apprête à trahir son roi et son pays ? s'emporta Tirya. Qui ? Qui ?

Tahoser crut qu'elle allait lui sauter au visage. Elle recula près de l'officier.

— Tu me crois assez stupide pour te livrer son nom ? Il restera pour toi le Pharaon de l'ombre.

— Que crains-tu ? Que je siffle ton secret au vent ?

— Je vais t'envoyer à Babylone, décréta Amaël-Marduk. Mon père décidera de ton sort. Tu l'amuseras peut-être un certain temps, après quoi il te jettera aux lions.

Une lueur de panique passa dans le regard de Tirya. Elle avisa le sourire mordant de Tahoser, tenta de fléchir l'homme.

— Vous devriez plutôt trouver un arrangement avec mon père. Il a beaucoup d'alliés. Ma disparition...

— Tu as disparu en mer ! cracha Tahoser. Qui rendre responsable sinon la tempête ? Si les vaisseaux égyptiens croisent dans les parages, ils retrouveront la carcasse éventrée de ton navire, et ton épitaphe sera faite !

Elle s'approcha de Tirya, colla presque son front au sien, et ajouta :

— Mais je suis certaine que personne ne se doute que tu es montée sur ce bateau grec. Je te connais assez pour imaginer ta fuite du palais, de nuit, avec ton Hermès pour complice. Personne ne sait où tu comptais te réfugier.

— Les marins...

— Pas un ne restera en Phénicie, intervint Amaël-Marduk. Eux et ton ami partiront à Babylone avec la caravane de prisonniers qui sera prête dans deux jours. Mon père a besoin de bras pour achever la fortification de sa ville. Ils iront grossir la masse des Hébreux.

— Tu verras peut-être Hermès courir derrière un chameau, les mains liées à sa queue, ricana Tahoser, car nous ferons partie de l'expédition.

— Nous ? releva le général.

— J'ai l'intention d'aller aussi à Babylone, annonça Tahoser. Pour être bien sûre que Tirya n'en revienne pas.

D'un geste vif, Tirya la saisit à la gorge, les surprenant tous par sa rapidité.

— Je vais accomplir l'œuvre de l'avaleur d'ombres. Aux oies perfides, on tord le cou !

L'officier bondit pour les séparer, mais Tirya serrait fort. Rouge de suffocation, Tahoser râlait, la bouche grande ouverte, les yeux déjà révulsés. Tirya finit par la lâcher quand l'homme lui renversa la tête en arrière en l'agrippant par ses cheveux. Elle recula d'un pas, puis bondit à nouveau et abattit sa main sur la joue de Tahoser.

— Ça va la remettre ! conclut-elle. Les scorpions ont la vie dure !

— Suffit ! tonna le général en se levant de son siège. Vous n'êtes, l'une et l'autre, que des filles de poussière ! Voilà bien longtemps que l'Égypte a perdu sa grandeur. Le monde appartient désormais à mon père, et son ombre va bientôt s'étendre sur le pays des Deux Terres.

Il les chassa d'un mouvement de la main puis alla se placer devant une fenêtre. Amaël-Marduk prit son menton dans ses mains et se mit à songer à ses rêves de conquêtes, quand il remplacerait son vieux père sur le trône. Les filles de poussière, il les avait déjà oubliées.

10

LE LION DE BABYLONE

Après des semaines passées à traverser le désert de Syrie, la caravane arriva enfin en vue de Babylone. En sa qualité de princesse, Tirya avait fait le voyage à dos de chameau, solidement encadrée par des soldats d'Amaël-Marduk. Elle n'avait pas revu Hermès depuis leur séparation à Tyr, et l'imaginait, harassé de fatigue, parmi l'interminable colonne de prisonniers qui ahanaient, le cou saisi dans un carcan de bois, et reliés les uns aux autres par une longe de cuir. Tirya ferma les yeux et pensa très fort à son ami. « Courage, Hermès. Je n'ai pas trouvé le moyen de t'approcher durant tous ces jours, mais je ne t'oublie pas. Je souffre avec toi. Tu me manques. »

Le convoi atteignit l'Euphrate. Les chameaux se ruèrent vers l'eau, bousculant les guides qui tentaient de les retenir. Les gardes laissèrent les prisonniers se désaltérer. Ils les poussèrent ensuite sur de grands radeaux afin de traverser le fleuve. Maniant de longues perches, les passeurs firent plusieurs allers et retours avant que toute la caravane ne se retrouvât sur la rive orientale. La colonne se remit en route, appuyée par des coups de gueule et des claquements de fouet pour inciter les derniers à presser le pas.

La muraille extérieure de la ville, en briques cuites, s'élevait à cinquante coudées de hauteur et était flanquée par une forteresse abritant une importante garnison. Des soldats vinrent se joindre à la caravane et ordonnèrent que les prisonniers s'alignent sur quatre rangs. Après quoi tous franchirent l'imposante porte de bronze qui ouvrait l'accès à Babylone. Les remparts étaient formés d'une double enceinte renforcée par des tours crénelées. Chaque muraille avait sept mètres d'épaisseur. L'espace intermédiaire, de douze mètres, était rempli de terre sur toute sa hauteur, aussi la porte se prolongeait-elle par une voûte. Une fois la porte passée, Tirya constata que le mur était inachevé le long du fleuve, et que nombre d'ouvriers y travaillaient encore, charriant des briques et des paniers de terre.

— Voilà où finira ton Grec ! jeta Tahoser d'un ton méprisant. Il mêlera sa sueur à celle des Hébreux et finira poussière dans la poussière.

Tirya ne répondit pas. Elle serra les lèvres, piétina le cou de son chameau pour le faire avancer plus vite. Un soldat le rattrapa par la bride, décocha un regard noir à la jeune fille.

— J'ai hâte de voir cette cité réduite en cendres, grommela-t-elle, sûre qu'il ne saisirait pas un mot.

— Mais avant, je te couperai la tête, repartit l'homme, et je la pousserai du pied jusqu'à la caverne de Lamashtu[1].

Tirya se mordit la langue. Pour comprendre et parler l'égyptien, le gaillard avait dû se trouver en Syrie à l'époque où Pharaon occupait la région. Elle

1. Déesse démone qui tourmente les humains.

se promit de surveiller ses paroles et de ne pas extérioriser ses pensées.

— Hermès !

Le cri de Tirya fit se retourner les gardes. L'un d'eux lui donna un petit coup de lanière sur la cuisse, pour lui apprendre à se taire. La jeune fille crut entendre son nom, mais le brouhaha était tel qu'elle n'en fut pas certaine. Hermès avait-il répondu, ou n'était-ce qu'un éclat de voix parmi les ordres qui crépitaient un peu partout ? « C'était lui ! » se convainquit Tirya. Elle se gonfla d'espoir, se jura de retourner en Égypte avec son ami.

Deux chars apparurent, lancés à plein galop. Les maîtres d'attelage arrêtèrent leurs bêtes devant les chameaux de Tahoser et de Tirya.

— Descendez ! indiqua l'un d'eux en égyptien. Nous allons vous emmener au palais. Nabuchodonosor est prévenu de votre arrivée. Il vous attend.

— Comment ? s'écria Tahoser. Un char pour chacune d'entre nous ? Mais Tirya est ma prisonnière ! Elle devrait marcher derrière moi, la tête basse et les mains liées dans le dos.

— Ce sont les ordres du roi ! trancha l'homme sur un ton qui n'admettait pas de réplique.

Tirya se tourna vers Tahoser et, d'un air exagérément hautain, déclara :

— Nabuchodonosor se demande sans doute avec qui il est préférable de traiter : la fille du vainqueur ou la fille du vaincu.

Sans attendre la riposte de sa rivale, Tirya sauta à terre et monta dans le premier char. Tahoser ravala sa rancœur. Une grimace de colère lui tordit la bouche lorsqu'elle pressa le chamelier de faire s'agenouiller sa bête afin qu'elle pût descendre. Elle essaya de conserver un maintien digne en se dirigeant vers son char, mais la fureur qui l'habitait rendait sa démarche trop raide pour qu'elle parût naturelle. L'un derrière l'autre, les deux chars s'engagèrent alors, au petit trot, sur une longue voie processionnelle dallée de pierre et bordée de chaque côté par des forteresses dont les hauts murs étaient décorés de briques émaillées représentant des lions rugissant. Tirya regarda vers le haut des remparts. Elle découvrit des silhouettes en armes penchées aux créneaux.

— Vous frissonnez? remarqua le maître d'attelage.

— J'ai l'impression d'entrer dans un monde de géants, répondit Tirya qui ne voulait pas avouer qu'elle avait peur.

L'homme se rengorgea.

— Babylone est la cité la plus puissante du monde. Il n'y a rien de comparable en aucun pays.

— En Égypte, le visiteur est accueilli par la chaleur de ses habitants. Où Nabuchodonosor cache-t-il son peuple? Sous ses fortifications?

— La cité s'étend sur les deux rives du fleuve, expliqua le conducteur, un rien amer. Le palais et les temples occupent la partie centrale et forment une ville dans la ville. C'est là où nous allons.

— N'empêche, poursuivit la jeune fille, s'il se protège derrière tant de remparts et de forteresses, c'est que votre roi ne doit pas se sentir en sécurité, même au milieu des siens.

L'homme accéléra l'allure, obligeant sa passagère à se retenir à la nacelle pour ne pas tomber, et lui clouant le bec du même coup. Ils atteignirent la porte d'Ishtar[2] dont la vue arracha un cri d'émerveillement à Tirya. C'était une porte double, massive, traversant deux épaisseurs de remparts, et flanquée de quatre tours disposées aux angles. L'ensemble était recouvert de briques émaillées bleues sur lesquelles se détachaient — en céramiques polychromes — plusieurs rangs superposés de taureaux sauvages et de dragons furieux[3]. Après la porte d'Ishtar, dont l'épaisseur avait permis d'aménager un poste de garde, la voie processionnelle filait en ligne droite le long des imposantes murailles du palais royal. À la hauteur du temple de Ninmak[4] situé sur la gauche, Tahoser demanda à son maître d'attelage de forcer l'allure pour arriver les premiers devant le roi. L'homme se contenta d'amener son char à la hauteur de celui de Tirya.

— C'est inconcevable que l'alliée de Babylone n'ait pas droit à plus d'égards que la fille d'Amasis ! pesta Tahoser.

— Amasis est Pharaon, rappela l'homme, votre père n'est plus rien.

— Mais...

— La fille d'Amasis est peut-être la pièce maîtresse d'une nouvelle stratégie. Nabuchodonosor décidera qui privilégier.

2. Déesse de la guerre, mais aussi maternelle et protectrice. Huit portes perçaient l'enceinte intérieure, toutes placées sous la protection d'une divinité.

3. Si le lion est l'emblème de la déesse Ishtar, le dragon est l'emblème de Marduk (dieu agraire, patron de Babylone). Le taureau, lui, est associé au dieu de l'orage Adad.

4. Déesse du monde inférieur.

— Peuh ! cracha Tahoser, il n'aboutira à rien avec Tirya.

La frise des lions se poursuivait sur les murs, espacée par endroits par des niches où logeaient des statues rapportées des conquêtes ou à l'effigie d'anciens rois.

— Des arbres poussent sur les toits ? s'étonna brusquement Tirya en apercevant une foison de végétation sur des terrasses.

— Ce sont les jardins suspendus d'Amyitis, l'épouse mède[5] de Nabuchodonosor, la renseigna son maître d'attelage. Le roi les a créés pour sa femme car les collines de son pays natal lui manquaient.

— Et cette pyramide, au loin ?

— Ce n'est pas une pyramide, mais l'Etemenanki.

— Bien sûr, reconnut Tirya. C'est de là-haut qu'on jette les prisonniers ?

L'homme soupira.

— C'est la ziggourat, une tour à degrés de sept étages, surmontée d'un temple : c'est là qu'a lieu, chaque année, le mariage entre le ciel et la terre, entre le dieu Marduk mimé par le roi, et son épouse, la déesse Zarpanit, interprétée par la grande prêtresse.

— Qu'est-ce qu'il y a à l'intérieur du temple ? Des statues ?

— Non, un simple lit.

— Ah, sourit Tirya, c'est là qu'ils font l'amour.

— C'est une union sacrée ! protesta l'homme sur un ton outré.

Décidément, cette fille commençait à l'agacer !

5. Peuple établi sur le plateau iranien. Le roi Cyaxare en fit un empire puissant menaçant celui de Babylone.

Des boutiques s'alignaient en bordure de la voie processionnelle, et nombre d'habitants se pressaient devant les étals. Les hommes, barbus pour la plupart, portaient de lourdes robes chamarrées à franges, ainsi qu'un bonnet pointu. Les femmes étaient vêtues d'une tunique plus légère, à manches courtes ; les plus pauvres allaient torse nu. Beaucoup avaient noué leurs cheveux en chignon, d'autres les retenaient sous un simple foulard. Les enfants échappèrent aux mains de leurs parents lorsqu'ils virent débouler flanc à flanc les deux chars. Ils se mirent à crier comme pour exciter les chevaux à la course. Tirya les gratifia d'un petit signe de la main, ce qui déclencha des éclats de joie et des cris d'enthousiasme. Les chars tournèrent à angle droit et s'engouffrèrent sous la grande porte percée dans la muraille. Ils passèrent un vestibule, traversèrent une première cour bordée de salles de garde. Sans ralentir, les attelages franchirent trois portes, forçant les soldats à se serrer contre les murs, puis ils pénétrèrent dans une deuxième cour comportant les bâtiments administratifs.

— On ne s'arrête pas ? interrogea Tirya. À ce rythme, on va se retrouver de l'autre côté de la ville.

— Il y a cinq cours. La cour centrale ouvre sur la salle du trône. Nous y arrivons.

Par un portail monumental, ils atteignirent la troisième cour, plus vaste que les précédentes, et richement ornementée de céramiques jaunes et bleues figurant des colonnes et des chapiteaux à volutes réunis par des guirlandes de palmettes. Les maîtres d'attelage tirèrent sur les rênes, stoppant leurs chevaux dans un beau mouvement d'ensemble.

— Ça sent drôle, remarqua tout de suite Tirya en humant l'air.

— C'est l'huile de roche[6]. Nous nous en servons pour éclairer le palais.

L'accès à la salle du trône était gardé par un énorme lion terrassant un homme, taillé dans un seul bloc de basalte. Nabuchodonosor se tenait derrière lui, en haut des quelques marches qui menaient à l'immense salle. Quand Tirya et Tahoser descendirent des chars, le roi s'assit sur un siège. Pour Tirya, son intention était claire : en recevant les filles d'Égypte dans la cour, sans ministres ni conseillers, il conférait à l'entretien un aspect non officiel. Dès lors, l'une et l'autre ne bénéficiaient d'aucun statut spécial, donc d'aucune protection. « Des gardes, des serviteurs... On nous ferait disparaître à l'instant qu'on ne se souviendrait même plus de nous au-delà de ces murs », pensa Tirya.

Les maîtres d'attelage repartirent. Tahoser prit l'initiative d'avancer vers Nabuchodonosor, mais un soldat abaissa sa lance devant elle au bas de l'escalier.

— C'est un comble ! s'emporta-t-elle. Je suis la future reine d'Égypte !

Un deuxième soldat vint croiser son arme sur celle de son collègue quand Tirya tenta de poursuivre. Nabuchodonosor ne fit pas un geste, ne prononça pas une parole. Il était habillé d'un long manteau vert brodé de losanges d'argent, et coiffé d'une sorte de tiare dont la partie frontale s'agrémentait d'un lion d'or. Avec sa longue barbe qui tirait sur le gris,

6. Le pétrole.

il présentait une mine si sévère que Tirya jugea plus prudent de se taire.

— Mes partisans travaillent à affaiblir l'Égypte d'Amasis, entonna Tahoser. Ils respectent le plan établi avec votre envoyé, Moloch, et ouvrent la voie à l'armée de Babylone. Je suis votre alliée, appuya-t-elle avec force, et celle-ci est notre ennemie commune, termina-t-elle avec un geste vers Tirya.

Nabuchodonosor attendait-il une réplique de Tirya ? Il y eut un court silence, puis le roi plongea son regard dans celui de la jeune fille. Elle frissonna. « Par Osiris, cet homme-là a les yeux de Seth. »

Tahoser guettait un signe de Nabuchodonosor l'invitant à le rejoindre en haut des marches. Comme cela tardait, elle se crut autorisée à poursuivre.

— Quand Amaël-Marduk attaquera le Delta, à la décrue du Nil, mes hommes auront réduit à néant les défenses de Tabne[7]. Puis ce sera le tour de Pi-Ramsès, de Bast, de Busiris. Toutes ces villes tomberont les unes après les autres, sapées de l'intérieur. À Saïs même, Amasis n'est pas à l'abri de nos coups. Vous ne prenez pas l'Égypte, c'est moi qui vous la donne !

Nabuchodonosor l'écoutait-il ? Il était concentré sur Tirya, épiant sa réaction. La jeune fille avait baissé les yeux, mais elle sentait le regard posé sur elle, qui la brûlait tel un fer chaud et la fouillait jusqu'au fond de l'âme. Elle se força à rester de marbre. « Que je tressaille, que la fureur empourpre mes

7. Appelée Daphnai par les Grecs. La ville se trouve être la plus à l'est du Delta.

joues et il saura comment me manier. Ce bougre-là voit à l'intérieur des gens. »

— Mes messagers m'ont rapporté comment cette fille s'est comportée à Tyr, commença-t-il en égyptien, lâchant Tirya des yeux pour se tourner vers Tahoser.

Tahoser sourit. Nabuchodonosor daignait enfin lui parler. Elle se gonfla d'importance.

— La fille de Pharaon est une prisonnière de choix. À travers elle, nous touchons le père.

— S'il est bon père, il perd le trône. S'il est vrai roi, il perd sa fille, et alors la présence de Tirya en ces murs ne nous avance guère. Mais j'apprécie la prise, ajouta-t-il pour contrer une observation de Tahoser. Maintenant dis-moi pourquoi tu es venue toi-même à Babylone. Les soldats de mon fils ne te semblaient pas une escorte suffisante ?

Tahoser se troubla sous le regard acéré, inquisiteur, que lui lança le vieux monarque.

— Je... Je pensais que vous seriez flatté de me voir en personne. Je suis la souveraine du nouveau pouvoir qui va s'installer en...

Nabuchodonosor agita la main pour l'obliger à se taire.

— La vérité te fait honte à ce point ?

Tahoser avala un « Oh ! » de protestation.

— Quand mon fils a décidé de me livrer Tirya, poursuivit le souverain, tu as vite compris le danger, et c'est une curiosité entachée d'inquiétude qui t'a poussée derrière elle. Pendant des jours, tu as ressassé cette pensée : « La capture de la fille d'Amasis va-t-elle changer la tactique de Nabuchodonosor ? Dans ce cas, quelle sera-t-elle ? Aura-t-il encore besoin de moi pour s'emparer de l'Égypte ? Si oui, tout va bien ; sinon, que vais-je devenir ? » Voilà pourquoi tu es là : pour t'assurer qu'il y a toujours une place pour toi dans mon plan d'invasion.

Il lissa sa barbe, acheva d'une voix lasse :

— Et sans doute aussi pour voir souffrir cette fille.

— Très bien, convint Tahoser en retrouvant un air bravache, alors qu'avez-vous envisagé ? Parce que votre décision est déjà prise, n'est-ce pas ?

— Plus tard, souffla Nabuchodonosor en se levant. Je vais donner des ordres vous concernant. En attendant, prends exemple sur ta sœur d'Égypte.

— Ma sœur ? se récria Tahoser. Mais je ne suis pas prisonnière, moi !

— Je veux parler de son silence.

Le roi s'éloigna à l'intérieur de son palais.

— Le sol s'ouvre sous toi, commenta Tirya. Ton Pharaon risque fort d'y rester, dans l'ombre.

Tahoser se pencha vers elle :

— Si Nabuchodonosor t'accorde quelque privilège, grinça-t-elle, je te jure que je te tuerai !

II

DANS L'OMBRE DE SAÏS

La nuit était tombée depuis longtemps sur Saïs quand l'homme se faufila à travers les couloirs du palais en direction des caves où l'on entreposait les vins. Il s'arrêta derrière une colonne, observa autour de lui. Personne. Le garde venait de passer devant le cellier, et il ne serait pas de retour tout de suite. L'homme approcha de la porte, déposa le chat qu'il tenait dans ses bras. Il passa la lame d'un poignard entre le bois et le montant, délogea le pêne de sa gâche. Il poussa le battant qui tourna sur ses gonds, reprit son chat, entra, referma derrière lui et alluma une minuscule lampe à huile qu'il avait pris soin d'emporter. Des jarres apparurent sous la faible lueur, disposées comme des soldats le long des murs. L'homme retira le couvercle d'une jarre, extirpa une écuelle de sous son vêtement et la plongea dans le vin. Puis il la présenta à l'animal. Le chat renifla le liquide, se coucha dans la position du sphinx.

— Bon, chuchota l'homme, passons à la suivante.

Il reversa le vin dans la jarre, la reboucha, en ouvrit une autre. Le chat promena son nez au-dessus de l'écuelle et ne broncha pas. L'homme répéta son manège plusieurs fois, après quoi il changea de rangée. À un moment, le félin se détourna de l'écuelle, se redressa, fit le gros dos en gonflant sa queue.

— Ah, on dirait que j'ai découvert...

Mais la bête se ravisa. Elle reprit sa position initiale, se mit à ronronner en trempant son menton dans le vin.

— Fausse alerte, murmura l'homme, tu n'es pas habitué au téniotique[1].

Des pas dans le couloir ! Il se figea. La sentinelle revenait de sa ronde. Elle s'adossa contre la porte, faisant trembler le pêne dans la gâche. Le chat s'effraya, marcha dans l'écuelle qui se retourna.

— Chut ! souffla l'homme en rattrapant sa bête.

L'autre avait-il perçu le léger bruit ? Le garde se décolla de la porte, reprit sa tournée. L'homme poursuivit l'inspection des jarres, fourrant sous le nez de son matou des lichées que l'animal se contentait de flairer. Tout à coup la porte s'ouvrit à la volée dans son dos.

— Il est là ! cria quelqu'un.

Le chat bondit sur les jarres comme deux gardes se ruaient vers son maître, la lance au poing.

— Du calme ! s'exclama l'homme. Je suis Reza, l'officier de sécurité de Pharaon !

Les deux gardes pilèrent net. Leurs regards remontèrent vers la porte où se découpait la silhouette d'Ousert, le Grand Échanson.

— Reza ? répéta Ousert sur un ton de fausset. Que fais-tu dans mes caves ?

1. Vin de dessert alcoolisé et sucré, d'un délicat blanc pâle à peine coloré d'or.

Il rejoignit le groupe, une torche à la main.

— Mon travail, répondit l'officier en récupérant son chat. Je contrôle les vins présentés à la table d'Amasis.

— En pleine nuit ?

— On découvre parfois la nuit ce qui se cache le jour.

— M'accuserais-tu d'emmagasiner des boissons frelatées ?

— Je ne t'accuse pas, je cherche, dit Reza en renvoyant les gardes d'un geste.

— Ce chat te sert de limier ? railla l'Échanson.

Reza caressa l'animal blotti dans ses bras.

— Il n'a pas son pareil pour reconnaître un mets empoisonné.

— Du poison ? s'insurgea Ousert en écarquillant les yeux. Tu... tu me soupçonnes de vouloir attenter à la vie de Pharaon ? C'est... c'est une infamie !

Ousert en bégayait d'indignation. Il avisa l'écuelle à terre, la ramassa.

— Indique-moi n'importe laquelle de ces jarres, et je n'hésiterai pas à tremper mes lèvres dans son vin.

Reza ne dit rien. Les yeux fixés sur ceux du Grand Échanson, il tentait de déceler dans son regard la flamme torve du mensonge ou l'éclat de la sincérité. L'autre prit son silence pour de la réflexion. Alors il coinça sa torche entre deux jarres et, alliant le geste à la parole, il alla puiser dans la première jarre à sa portée. Il vida d'un trait le contenu de l'écuelle ; il en déboucha une deuxième, au hasard, et but une nouvelle lampée.

— Si je goûte à chacune d'entre elles, il faudra me ramener dans mon lit sur tes épaules.

Reza ne releva pas. Il laissa Ousert éprouver deux trois vins, puis il quitta la cave, sans un mot. Ousert cracha la gorgée qu'il avait dans la bouche.

— Maudit chien ! ragea-t-il.

Il s'assit, s'essuya les lèvres du revers de la main. Il aspira à pleines goulées pour calmer les battements fous de son cœur, s'approcha de la porte.

— Je remets de l'ordre là-dedans, déclara-t-il aux gardes qui attendaient dans le couloir. Va rejoindre ton poste, ordonna-t-il à l'un d'eux, et toi reprends ta ronde. Reza est parti ?

Les deux hommes firent oui de la tête. Ousert retourna dans le cellier et referma derrière lui. Il saisit sa torche, se dirigea vers le fond. Il écarta trois jarres, dévoila un passage dans le mur menant à une alcôve.

— Ce fouineur de Reza a failli tout découvrir, annonça Ousert.

Une ombre à la barbe tressée se profila sur le mur. Moloch le Chaldéen, l'homme à l'oreille déchirée, sortit de sa cachette.

— Je m'apprêtais à bondir pour lui trancher la gorge.

— Un meurtre dans ma cave m'aurait rendu coupable, sinon de complicité, du moins de négligence.

— Tu es déjà suspect, l'avertit Moloch. Reza t'a ferré et il ne te lâchera plus.

— Tu divagues ! s'effraya le Grand Échanson. Je viens de le convaincre de l'excellente qualité de mon vin. Il ira chercher son poison ailleurs.

— Il reviendra, assura Moloch. De jour ou de

nuit. Seul ou accompagné par une troupe. Il fouillera cet endroit jusqu'au moindre trou de souris. Il dénichera le réduit.

— Tu l'auras quitté avant. Il n'y trouvera rien.

— Si... toi !

La stupéfaction d'Ousert fut aussi vive que le coup de poignard qu'il reçut au bas-ventre. Le Chaldéen l'empoigna par la nuque, amena sa tête contre la sienne.

— C'est ta langue qui t'a perdu, lui murmura-t-il à l'oreille. Comme toujours, tu as dû trop parler et attirer l'attention sur toi. Tu as toute l'éternité, désormais, pour apprendre les vertus du silence.

Il tourna sa lame dans la plaie. Bouche grande ouverte, Ousert essayait encore de pousser un dernier « non ! » du fond de la gorge.

— Le Pharaon de l'ombre ne s'appuie que sur des hommes sûrs, poursuivit l'assassin. Tous ceux qui le menacent ou sont jugés trop faibles doivent être éliminés.

Ousert tomba sur les genoux. Moloch lui arracha son ample manteau de lin, s'en revêtit, enjamba le corps et s'enfuit par la porte dans le dédale des couloirs du palais. Couché sur le flanc, incapable de crier ni de se traîner sur le sol, l'Échanson mit du temps à mourir. Sa torche et la lampe de Reza s'éteignirent bien avant que la souffrance cessât de le tarauder.

Le lendemain matin, Reza était à peine installé dans son bureau, dans une aile de la Maison du Sceau qui abritait aussi les fonctionnaires de l'Impôt, lorsqu'il vit entrer une superbe jeune femme.

Elle portait une robe plissée transparente serrée à la taille par une ceinture rouge. Le vêtement des prêtresses de Neith. « Musicienne? Danseuse? » se demanda-t-il en lui indiquant un siège. Elle refusa de s'asseoir.

— C'est le grand prêtre Pnoum qui m'envoie, dit-elle d'une voix légèrement tremblante.

— Pourquoi n'est-il pas venu lui-même?

Il regretta aussitôt sa brusquerie. La jeune femme s'était raidie et il craignit de l'avoir effarouchée. Il usa d'un ton plus doux pour lui redonner confiance.

— Ne m'en veuillez pas, reprit-il, je ne suis pas encore bien réveillé. J'ai plutôt l'habitude d'interroger des voleurs.

— Pnoum célèbre l'office du matin dans le temple de Neith, annonça la prêtresse. (Elle regarda autour d'elle comme si elle redoutait qu'on l'entendît, puis baissa la voix pour déclarer :) C'est au sujet de Kay... le prêtre qui tenait le rôle de Seth lors du couronnement de Pharaon. Pnoum l'a surpris hier en conversation avec un porteur d'offrandes venu de l'extérieur.

— J'ignorais que le silence était de règle dans les temples.

— Son attitude n'avait apparemment rien d'anormal, poursuivit la jeune femme, mais dès l'aurore Kay a demandé l'autorisation de se rendre en ville pour la matinée.

L'intérêt de Reza se raviva.

— Pour quel motif?

— Des corbeilles d'offrandes à mener en réparation chez le vannier.

L'homme joignit les mains devant sa bouche.

— Mm... grogna-t-il. Vous les avez vues, ces corbeilles ?

— Oui, elles méritent bien quelques travaux de réfection, mais Pnoum pense que Kay pourrait en profiter pour contacter des complices.

— Quelle est votre fonction exacte au temple ?

— Je m'appelle Saphara, je suis chargée de préparer et d'apporter sa nourriture au grand prêtre.

— Quel est son poisson préféré ?

La question lui parut si saugrenue que Saphara ouvrit de grands yeux.

— Du poisson ? Je n'en apporte jamais. C'est une abomination pour un prêtre !

Reza sourit.

— Pardonnez ma curiosité, mais je voulais m'assurer que vous étiez vraiment au temple de Neith.

Il se leva.

— Kay a-t-il déjà quitté le sanctuaire ?

— Je ne crois pas. Pnoum ne lui a permis de s'absenter qu'après les grâces rendues à la déesse. Il doit encore prier en ce moment.

— J'ai donc le temps d'aller m'embusquer près du temple.

— À quoi bon prendre le risque de vous faire repérer en suivant Kay. Vous n'avez qu'à l'attendre près de l'atelier de vannerie. C'est à l'entrée du quartier des tisseuses de lin.

Reza fixa un harpê[2] à sa ceinture et sortit de la pièce avec la jeune femme. Il fut tenté d'appeler un de ses hommes pour lui demander de l'assister, mais se dit qu'il passerait plus facilement inaperçu s'il était seul.

2. Sabre à lame courbe.

— Quel rang occupez-vous parmi les danseuses ?

— Je ne danse pas, avoua Saphara. Je suis uniquement affectée aux cuisines.

« Pnoum ne sait pas ce qu'il perd, songea Reza en quittant la Maison du Sceau, cette fille est un délice pour les yeux. » Il la regarda remonter l'avenue plantée d'arbres qui menait à l'allée des sphinx, et prit ensuite le chemin inverse vers le quartier des Bandelettes, dénommé ainsi en raison des nombreux ateliers de filage et de tissage qui produisaient les bandelettes de lin destinées aux momies. Des artisans exposaient déjà leurs produits devant les maisons, et les premiers clients commençaient à marchander. Les rues se remplirent à mesure que l'officier approchait des fabriques de bandelettes. Les ânes bloquaient parfois les venelles, animés d'une rare obstination à la désobéissance malgré les coups de gueule et les coups de trique de leur maître. Lorsque Reza atteignit l'atelier du vannier, une paysanne était installée à l'angle de la rue et proposait ses chèvres aux passants. Il se posta dans la petite courette d'une ancienne poterie abandonnée. De l'endroit où il se trouvait, il voyait la rue en enfilade.

Reza se sentait pourtant mal à l'aise. Quelque chose le troublait sans qu'il pût en définir la cause. Cela tenait-il à la jeune prêtresse ? À la présence de ces chèvres dont les béguètements incessants portaient sur les nerfs ? À cette odeur un peu écœurante du rouissage[3] qui imprégnait le quartier ? Sa

3. Action d'isoler les fibres textiles du lin en immergeant les tiges dans de l'eau croupissante afin de détruire la matière gommeuse qui les soude.

réflexion le ramena à Saphara. Avait-elle prononcé quelque parole qui ne collait pas avec sa fonction au temple ? « Non... se rassura Reza, elle a su répondre à mes questions. » Une pensée l'assaillit soudain : et si Kay rencontrait son complice avant d'aller chez le vannier ? Pourquoi avoir conclu que son atelier était forcément le lieu de rencontre ? Reza se préparait à repartir vers le temple quand le prêtre apparut, chargé de ses corbeilles. Reza souffla de soulagement. « S'il arrive maintenant, c'est qu'il ne s'est pas arrêté en chemin. » Un doute l'effleura : Kay était peut-être innocent.

Le prêtre entra dans l'atelier. L'officier patienta un moment. Ne le voyant pas ressortir, il décida de s'y rendre à son tour. La pièce était basse, sombre, et donnait sur une petite cour à l'arrière. Assis à croupetons, un homme terminait de tresser un panier avec des osiers. Il salua Reza d'un mouvement de la tête. Des corbeilles, des paniers, des nattes étaient empilés jusqu'au plafond ; dans un coin, des fagots de rameaux d'osier attendaient d'être utilisés.

— Un prêtre est arrivé à l'instant, signala Reza. Je ne le vois pas. Où est-il ?

Comme l'artisan ne répondait pas, il renchérit :

— C'est toi le maître vannier ?

— Non, grogna l'homme, il est là-bas, derrière la pile de paniers, à l'entrée de la courette.

Reza avança, mais il ne découvrit rien d'autre qu'un entassement branlant de vieux paniers et de corbeilles.

— Tu te moques de moi, gronda-t-il. Il n'y a personne.

— Derrière les paniers, insista l'ouvrier. Reculez-les, vous le trouverez.

Reza tiqua. Les reculer ? Il pensa aussitôt à un passage dans le mur, repoussa la pile. Les paniers du haut tombèrent, puis la colonne entière plia en son milieu et s'effondra. Le cadavre du vannier, coincé entre le mur et les paniers, s'affala sur le sol.

— Qu'est-ce que... ?

— Je suis Kay, lança une voix provenant de la courette. Tu me cherches ?

Reza se retourna. Le prêtre et trois hommes armés de poignards et d'épées lui faisaient face. Il jeta un coup d'œil du côté la porte : l'ouvrier l'avait refermée et marchait vers lui, une pique à la main.

— Le piège a été bien monté, reconnut Reza comme l'anneau se resserrait autour de lui. Le cri des chèvres couvrira le bruit du combat. Mais vous n'irez pas loin malgré tout : Ménélas est prévenu. Il encercle le carré de maisons à cet instant précis.

— Tu mens pour sauver ta vie, dit Kay. Tu es seul, nous le savons. Ménélas aussi mourra. Et tous les fidèles d'Amasis. Un nouveau monde se met en place : celui du Pharaon de l'ombre.

La réaction de Reza fut si rapide qu'elle surprit les cinq hommes. Il dégaina son harpê et, d'un moulinet de la main, fit sauter la tête de Kay.

— Tu n'en feras pas partie, indiqua-t-il comme le corps du prêtre se tenait encore debout devant lui.

Et ce fut la ruée ! Les lames percèrent les flancs, le ventre, le dos de l'officier. Reza s'écroula dans une mare de sang. Avant d'expirer, il s'adressa un ultime reproche : celui de ne pas s'être méfié d'une femme si belle qui ne dansait pas.

Saphara patientait au bord du canal. Elle avait retiré ses vêtements de prêtresse et endossé sa véritable tenue : la robe en fuseau arrêté sous le sein qui habillait les porteuses d'eau. Elle aperçut enfin l'homme qui l'avait engagée, fit un signe pour attirer son attention.

— Heureusement que vous m'aviez tout expliqué, souligna-t-elle dès qu'il l'eut rejointe, l'officier m'a interrogé sur des détails de la vie quotidienne au temple. Mais j'ai su répondre à tout. Vous avez ma récompense ?

— Celui-là te la remettra, déclara l'homme en montrant un passeur qui attendait dans une barque contre la rive. Il va t'emmener dans un village au sud de Saïs. Après, débrouille-toi pour ne jamais reparaître en ville.

L'homme aida la jeune femme à s'installer à l'arrière. Le passeur éloigna la barque à grands coups de rame.

— Vous n'avez rien à me donner ? s'enquit Saphara auprès du rameur qui lui tournait le dos.

— Tu recevras ton dû dans un moment.

Il pivota sur son séant pour lui adresser un sourire. Son menton s'ornait d'une barbe tressée à la mode chaldéenne, et son oreille droite était à moitié arrachée. Saphara frémit. L'homme avait un sourire de crocodile.

12

LE COLOSSE D'OR

Hermès porta la main à sa tête. Pris de malaise, il sortit du carré de boue qu'il piétinait afin de la mélanger à de la paille hachée, et il tomba sur le sol, épuisé. Talmôn, un de ses compagnons hébreux qui parlait l'égyptien, le releva et alla l'asseoir à l'ombre du mur. Il héla une des filles chargées de la corvée d'eau. Elle arriva avec une outre bien gonflée, fit couler de l'eau entre les lèvres du jeune Grec. Hermès faillit s'étouffer. Il toussa, aspira plusieurs fois pour emplir d'air ses poumons. Talmôn porta à son tour l'outre à sa bouche, but une rasade.

— L'eau est tiède, remarqua-t-il.

— J'apporte ce qu'on me donne, se désola la jeune fille. Tiens, ajouta-t-elle en fourrant un oignon dans la main d'Hermès, croque ça, tu récupéreras quelque force. Mais veille à ce que Sharku ne te voie pas.

Sharku, un surveillant, était en train de secouer un esclave parce qu'il ne travaillait pas assez vite. Le mur de briques, que finissaient de construire les Hébreux, longeait l'Euphrate. Un canal passait sous une voûte de pierre et venait doubler l'enceinte intérieure sur tout son pourtour, lui servant de douve et renforçant sa défense.

— Que se passera-t-il quand l'ouvrage sera terminé ? demanda Hermès.

— Nabuchodonosor nous emploiera sur un nouveau chantier, supposa Talmôn. Cet homme-là ne nous permettra jamais de retourner à Jérusalem. Il ne nous a pas pardonné de nous être révoltés à deux reprises contre lui. Même toi, qui n'es pourtant pas hébreu, tu ne reverras pas non plus ton pays. Nabuchodonosor est un lion qui ne relâche pas ses proies.

« Et Tirya ? réfléchit Hermès. Reverra-t-elle l'Égypte ? » La fille de Pharaon aux mains du roi de Babylone... l'Histoire avait de ces détours ! Le jeune Grec avait aperçu son amie plusieurs fois, de loin, pendant la traversée du désert, de même que Tahoser dont la présence l'avait sidéré. Depuis une semaine qu'il s'escrimait à malaxer la boue pour fabriquer des briques, Hermès ne savait plus rien de Tirya. Nabuchodonosor la gardait-il dans une prison dorée ou l'avait-il déjà fait exécuter ? Avec Tahoser à ses côtés, le vieux monarque ne devait plus connaître de limite à sa cruauté.

— Sharku vient par ici, l'avertit Talmôn. S'il te surprend au repos, il va te tanner la peau du dos.

Hermès se releva, retourna patauger dans le bourbier. Des hommes et des femmes hachaient la paille et jetaient les fétus dans la boue. Une fois que le mélange était devenu une pâte compacte, on la versait dans des moules qu'on laissait sécher au soleil. Puis les enfants transportaient les briques vers les ouvriers qui édifiaient l'enceinte. D'autres équipes formaient une longue chaîne pour acheminer des paniers de terre dont on bourrait l'espace compris entre les deux murailles constituant le rempart.

Une sonnerie de trompes éclata tout à coup du haut des trois cent cinquante tours qui entouraient la ville. C'était un appel clair, tenu sur un long souffle et répété quinze fois.

— Sortez ! Sortez ! Sortez ! hurla Sharku en courant d'une mare à l'autre. Et lavez-vous les pieds !

— Que se passe-t-il ? s'étonna Hermès.

— Nabuchodonosor a fait couler une statue d'or à son effigie, expliqua Talmôn, et il vient de l'ériger près du temple de Marduk. On raconte par la ville qu'il a l'intention d'obliger tout son peuple à se prosterner devant son image.

— Nous ne sommes pas son peuple, objecta Hermès.

— Nous sommes moins que cela, cracha une femme qui passait. Nabuchodonosor a sûrement plus de considération pour ses ânes et ses chameaux que pour nous-mêmes.

— Esther a malheureusement raison, soupira Talmôn. Nabuchodonosor poussera l'orgueil à nous voir plier le genou devant lui. Notre cœur n'en restera pas moins fidèle à Yahvé[1].

Hermès et les brasseurs de boue s'aspergèrent les pieds. Ils rejoignirent ensuite la colonne qui s'organisait en quatre rangs parallèles. Hermès se retrouva par hasard à côté du vieux marin grec.

— Il paraît qu'on doit aller s'aplatir devant Nabuchodonosor, marmonna le bonhomme. Ça fait toujours une pause dans le travail. J'adorerais volontiers sa statue tous les jours si le roi me dispensait de corvées.

Des soldats vinrent renforcer l'encadrement des

1. Dieu unique des Hébreux.

prisonniers, puis la masse des Hébreux s'ébranla vers la ville. « J'aurai peut-être l'occasion de revoir Tirya, songea Hermès. Si elle est toujours en vie, Nabuchodonosor ne va pas se priver du plaisir d'humilier la fille d'Amasis en l'obligeant à se prosterner devant son image. »

La troupe franchit la porte d'Ishtar. Hermès repéra les lieux : le palais à droite, avec les jardins suspendus. Des questions posées à mi-voix à ses voisins lui apprirent qu'il était possible d'accéder aux terrasses par l'une des tours adossées à la porte. La colonne suivit la voie processionnelle, dépassa le palais royal et déboucha sur une immense place appelée la plaine des temples. Ils laissèrent à main gauche le temple d'Ishtar et longèrent une nouvelle enceinte protégeant la ziggourat dotée d'un escalier monumental. La voie se couda alors à angle droit et aboutit au temple de Marduk. C'était une forteresse de plan carré avec une tour centrale abritant la statue du dieu. Le colosse d'or de Nabuchodonosor avait été dressé entre le temple et le pont qui enjambait l'Euphrate. À sa vue, Hermès ne put retenir une exclamation de surprise : la statue devait mesurer soixante coudées de haut et six de large[2], un monument à la démesure de son roi. Le peuple de Babylone défilait en rangs compacts, encadré par deux lignes de soldats qui limitaient l'espace d'évolution. Une colonne ininterrompue d'hommes et de femmes, tel un gros et long serpent multicolore, passait lentement devant la statue, se prosternait et repartait en empruntant le pont sur l'Euphrate. Nabuchodonosor était assis à

2. 31,5 m de haut et 3,15 m de large.

côté du colosse d'or, sur un trône d'apparat, accompagné de son épouse Amyitis et entouré par ses ministres et ses satrapes[3]. Une femme et une jeune fille étaient debout à côté du souverain : elles étaient vêtues comme Amyitis d'une longue robe bariolée piquetée de croissants d'or, et portaient sur la tête un diadème orné de grains en lapis-lazuli et en cornaline, dont les extrémités s'enroulaient en conques au niveau des oreilles.

— J'ignorais que le roi de Babylone eût des filles, remarqua le vieux marin lorsque les prisonniers arrivèrent devant la statue.

— Ce sont deux Égyptiennes, rectifia un esclave affecté à des travaux de réfection dans le palais, et dont le groupe venait de se joindre à la colonne. La plus âgée loge dans l'aile des ambassadeurs, l'autre sert de suivante à la reine. On raconte qu'elles sont toutes les deux filles de Pharaons.

Hermès manqua de souffle tant son cœur battait fort. Tirya était là, à moins de deux cents pas ! Il ne l'avait pas reconnue ! Et elle, le voyait-elle, fondu dans la masse des gens qui défilaient ? « Je dois me signaler à elle, me placer au premier rang. »

L'attention de Tirya fut attirée par le mouvement qui se dessina dans le groupe des Hébreux. « Hermès ! » La vue de son ami lui provoqua une telle émotion qu'elle tressaillit. Nabuchodonosor perçut son trouble. Il attacha son regard sur le jeune homme blond qui venait de se glisser devant les autres. Tahoser se pencha et murmura à son oreille :

— C'est l'ami grec de Tirya. Il pourrait dispa-

3. Gouverneurs des provinces.

raître dans le fleuve ou dans l'estomac de quelque lion.

— Si tu désires tant sa mort, pourquoi l'avoir amené jusqu'ici ? grogna le roi. Tu pouvais te débarrasser de lui dans le désert, non ?

Tahoser ne répondit pas. « J'aurais dû les éliminer tous les deux », songea-t-elle. Les derniers habitants se prosternaient devant le colosse d'or. Quand ils s'écartèrent pour regagner leurs quartiers, à l'est et à l'ouest, les gardes poussèrent les premiers rangs hébreux vers la statue. Nabuchodonosor leva la main et prononça ces mots :

— Peuple d'Abraham, ton dieu t'a abandonné. La nourriture te vient de moi, la boisson te vient de moi, la vie te vient de moi, aussi je te le commande, agenouille-toi devant mon image !

Quatre voix s'élevèrent alors, vibrant à l'unisson, et dont les paroles retentirent de quatre points différents.

— La Maison de Juda[4] n'adorera pas de faux dieux !

Nabuchodonosor chercha autour de lui qui avait parlé. Quatre hommes approchèrent et se réunirent devant le roi.

— Comment ? s'étonna le vieux monarque. Toi, Beltshassar ? Toi, Shadrak ? Toi, Méshak ? Toi, Abed-Négo ? Vous qui avez la réputation d'être les meilleurs sages et les plus grands devins ? Vous que j'ai placés aux postes les plus enviés[5] ?

4. Allusion au peuple de Jérusalem.

5. Pour avoir expliqué la signification de ses songes à Nabuchodonosor, alors qu'aucun de ses mages n'en avait été capable, les quatre Hébreux avaient obtenu des postes dans l'administration.

— Nous sommes Daniel, Hananya, Mishaël et Azarya ! Ne nous affuble plus de ces noms chaldéens qui te donnaient autorité sur nous ! Je te le dis, reprit Daniel, cesse de tourmenter le peuple d'Abraham ! Ne t'a-t-il pas suffi de détruire Jérusalem, de raser son temple et de contraindre notre peuple à l'exil ? Il te faut encore nous humilier !

— Je vous punis parce que vous êtes un peuple rebelle, rétorqua Nabuchodonosor. Vous avez refusé une première fois de payer votre tribut, et vous vous êtes révoltés ouvertement contre moi une deuxième fois. Pour faire de vous un peuple obéissant, je dois effacer de votre mémoire ce dieu Yahvé qui aurait scellé une alliance avec vos ancêtres et vous pousse à espérer un retour à Jérusalem. Il n'y a plus de Terre Promise. Le peuple hébreu restera en captivité à Babylone jusqu'à la fin des temps. Aussi, je vous le commande à nouveau, prosternez-vous devant ma statue !

— Nous construirons tes murs, mais nous ne courberons pas l'échine devant ta statue d'or, ni devant aucune de tes divinités, décréta Mishaël.

Le roi se leva, fort en colère. Son visage était blême et ses yeux luisaient de fureur. Sa voix gronda tel un roulement d'orage.

— Quiconque ne se prosternera ni n'adorera mon image sera jeté dans un brasier ardent, et aucun dieu ne le délivrera de ma main.

— Yahvé nous délivrera de la fournaise et de ta main, répondit Hananya.

Azarya ajouta :

— Même s'il ne le fait pas, sache bien, ô roi, que

nous ne servirons pas tes dieux et que nous n'adorerons pas la statue d'or que tu as érigée.

Nabuchodonosor donna d'ordre à ses soldats de s'emparer des quatre hommes, de les ligoter et de les coucher à ses pieds. Quand ce fut fait, il s'adressa à nouveau aux Hébreux, leur enjoignant de lui obéir. Il y eut un flottement dans les rangs.

— Jamais ! cria Esther. Yahvé est avec nous !

— Yahvé est avec nous ! s'exclamèrent les Hébreux.

— Zeus me suggère une autre sagesse, déclara Hermès : celle de plier le genou pour me garder en vie.

Il s'apprêtait à se prosterner quand la poigne de Talmôn le retint par son vêtement.

— Tu fais corps avec nous. Qu'un seul faiblisse et tous peuvent s'écrouler.

— Mais je suis grec ! se défendit Hermès. Ton dieu ne me connaît pas.

Pas un marin grec ne se détachant du groupe, Hermès en conclut qu'ils étaient eux aussi crochetés par ceux qui les entouraient.

— Soit ! tonna Nabuchodonosor. Vous aurez choisi votre destin ! Qu'un esclave sur dix soit arraché aux siens et conduit dans les tours ! Ils seront précipités dans les flammes à la prochaine lune pleine, dans trois jours.

Les soldats se ruèrent au milieu des Hébreux. Sans se soucier des cris ni des pleurs, ni des mères qui s'accrochaient à eux pour les implorer de ne pas emporter leur enfant, ils saisirent hommes, femmes, garçons et filles. Hermès s'était reculé pour se noyer dans la masse. Accroupi, il tentait d'échapper aux mains qui plongeaient autour de lui et se refermaient sur un bras, sur une épaule, sur des cheveux. Il se crut presque tiré d'affaire quand on l'attrapa par le col de sa tunique. On le tira si violemment en arrière qu'il s'étrangla à moitié. Une peur terrible l'assaillit. « Je suis perdu. »

13

LES JARDINS D'AMYITIS

Supportés par d'épaisses voûtes, à l'angle nord-est du palais, les jardins reposaient sur des terrasses entourées par une enceinte. Un long couloir central reliait l'ensemble aux appartements de la reine, ainsi qu'au chemin de ronde des remparts, accessible par une galerie traversant la muraille et fermée par une porte à chaque extrémité. Toutes sortes de plantes poussaient là, des acacias aux tamaris, des figuiers aux buissons de mimosas, des saules aux rosiers, des perséas aux hibiscus... Des esclaves tiraient l'eau d'un puits, grâce à une machine élévatrice, et irriguaient soigneusement les plantations. Installée sur des coussins, à l'ombre de hauts palmiers, la reine Amyitis paraissait dormir. Des jeunes filles agitaient des palmes pour brasser l'air autour d'elle, et deux musiciennes la berçaient au son d'une flûte et d'une cithare.

Tirya avait un peu l'impression de se retrouver à Saïs, n'eût été l'épouvantable angoisse qui la tenaillait : Hermès était-il au nombre des futurs sacrifiés ? Elle jeta un coup d'œil du côté d'Amyitis, puis se leva de son siège et se dirigea vers un vieux jardinier qui entretenait un parterre de jacinthes. L'homme parlait plusieurs langues, et il était au courant de tout ce qui se passait dans la ville.

Amyitis écarta légèrement la palme qui se balançait devant son visage, et suivit des yeux la jeune Égyptienne. Elle la vit s'arrêter près de l'homme et lui adresser la parole.

— On n'a pas retrouvé ton ami parmi les ouvriers, annonça le jardinier en remuant à peine les lèvres.

— Il a pu être affecté à d'autres travaux, murmura Tirya.

— Peu probable : tant que le mur d'enceinte n'est pas terminé, toutes les forces sont requises là-bas.

— Tes informateurs ont été mal renseignés, insista la jeune fille, se raccrochant à un ultime espoir. Hermès n'est pas hébreu. Il n'a pas pu être emprisonné avec les autres.

— Les soldats ont saisi n'importe qui dans la foule. Cela fait deux jours maintenant. Si ton ami n'est pas sur le chantier, c'est qu'il est enfermé dans une tour, conclut le vieil homme en déposant dans un panier les mauvaises herbes qu'il venait d'arracher.

Tirya alla s'isoler au fond du jardin, sur un banc de pierre, au pied d'un grand sycomore. Sans Hermès, la vie n'avait plus de goût. Son absence creusait un vide immense au fond d'elle. La jeune fille s'en voulait de l'avoir entraîné dans sa fuite. « Si Hermès disparaît à Babylone, et si les dieux me permettent de regagner l'Égypte, je jure de me retirer dans le temple de Neith et d'y finir mes jours en recluse. »

Mais les troupes de son père résisteraient-elles à l'assaut d'Amaël-Marduk ? Jusqu'à quel point les traîtres avaient-ils détruit les défenses des villes ? Tirya calcula que la période des crues touchait à sa fin. Dans moins d'un mois, l'armée ennemie déferlerait sur son pays. Tirya sentit une boule opprimer sa poitrine. Un brusque sanglot la cassa en deux. Elle enfouit son visage dans ses mains et se mit à verser des larmes silencieuses, entrecoupées de halètements qui secouaient ses épaules et hachaient sa respiration. Lorsqu'elle releva la tête, Amyitis se tenait devant elle.

— Vous venez vous repaître de ma douleur ? attaqua la jeune fille. Babylone ne peut donc vivre que de la souffrance d'autrui !

La reine s'assit près de Tirya, renvoya ses filles de compagnie.

— Nabuchodonosor poursuit une politique qui m'effraie, commença-t-elle. Les pays du Couchant l'attirent alors qu'il sous-estime la puissance montante des Achéménides[1], à l'Orient. L'alliance avec mon frère Astyage[2] ne suffira pas à refréner les ambitions de Cambyse[3].

Tirya s'essuya les yeux du plat de la main, renifla. Elle eut un léger mouvement d'épaules, marquant son impuissance.

— Je n'aime pas cette Tahoser, reprit la reine. Son plan sent la mort.

— Vous n'avez aucune influence sur le roi ? demanda Tirya.

— Sa convoitise est plus forte que la raison. L'Égyptienne nourrit ses rêves. Et je crains que notre

1. Dynastie qui se révolta contre ses suzerains mèdes et créa l'empire perse.

2. Roi des Mèdes dont l'empire — situé sur le plateau iranien — menaçait Babylone. Le mariage de Nabuchodonosor et d'Amyitis avait pour but d'éloigner le danger mède.

3. Il s'agit de Cambyse Ier, roi des Perses, père de Cyrus le Grand.

fils Amaël-Marduk ne soit aussi passionné que son père. Une passion obstinée, dévorante, qui les mènera à la folie, sinon à leur perte !

— Et moi dans tout cela ?

Amyitis s'adossa au sycomore. À l'observer, Tirya eut l'impression qu'elle vivait dans un autre monde, à côté de Babylone, l'esprit tourné vers ses montagnes et ses forêts de Perse. Il émanait d'elle une beauté fragile, rehaussée par ses grandes boucles d'oreilles en croissant et sa haute coiffure constituée de grains d'agate d'où retombaient des pendeloques d'or en forme de feuilles de hêtre. Tirya pensa à sa mère Ténet, décédée deux années plus tôt : elle avait quelque ressemblance avec Amyitis, non pas dans les traits, car elle était plus jeune, mais dans la façon de se tenir, dans ce regard nostalgique qu'elle laissait traîner sur les choses, loin des affaires militaires d'Amasis. La reine répondit à la question de Tirya.

— Je ne sais pas. Nabuchodonosor est imprévisible. Il peut faire de toi une princesse comme t'offrir en pâture à ses lions.

— Aidez-moi, supplia Tirya. Vous êtes la fille de Cyaxare, l'homme qui vainquit les Scythes et les Assyriens. Votre père était l'égal de Nabuchodonosor.

— Mon père est mort. Mon frère n'est que l'ombre de Cyaxare. Quant à ma voix... elle est comme le vent dans les saules : elle passe, on ne l'entend pas.

— Aucun conseiller ne peut rien contre Tahoser ?

— L'Égypte affaiblie est un cadeau dont rêvent les rois d'Orient depuis plus de mille ans. Les avis contraires sont voués au silence.

Tirya baissa la tête.

— Alors je n'ai plus qu'Hermès, souffla-t-elle

dans un filet de voix, mais il va mourir demain soir, dévoré par les flammes du bûcher... Est-ce que vous pouvez le sauver, lui ?

— Entre ton ami et moi, il y a cette Tahoser. Je l'ai entendue réclamer sa mort au roi.

— Enfin quoi ! se révolta Tirya, vous êtes un fruit de cet arbre ou la reine de Babylone ? Les figues ont plus de volonté !

Elle se mordit les lèvres, consciente d'avoir offensé Amyitis. Celle-ci se tourna sèchement vers la jeune fille, mais ses yeux conservèrent leur expression triste.

— Pardonnez-moi, balbutia Tirya, je ne voulais pas...

— Je comprends ta colère, elle est ce qui reste quand on a tout perdu.

La reine se leva. Aussitôt ses suivantes accoururent. Avant qu'elles ne l'enveloppent telle une flopée d'oies, Amyitis confia :

— Pour exister, nous devrions être reines sans rois.

Tirya les regarda s'éloigner. Puis elle eut froid subitement. L'accablement ? Un courant d'air surgi par l'arrière ?

— Ton caractère me plaît, dit une voix grave dans son dos.

Elle se retourna. Nabuchodonosor était debout devant la porte ouverte de la galerie conduisant aux remparts. La jeune fille réprima un frisson. Depuis quand le roi était-il derrière Amyitis et elle, à les écouter ?

— S'il vous plaît tant, libérez Hermès et rendez-nous la liberté.

— Tu n'es pas en mesure de dicter tes conditions,

gronda le roi en venant vers elle. J'ai cependant pris ma décision te concernant.

Il s'assit sur le banc. Tirya se leva, se tint droite face à lui.

— Je t'effraie ? demanda-t-il en tapotant la place à côté de lui, invitant la jeune fille à se rasseoir.

Elle refusa, sur la défensive.

— Dans quelques semaines, mon fils donnera l'assaut et s'emparera du Delta.

— Vous ne le tenez pas encore. Les Hommes de Bronze sont de redoutables guerriers, et l'armée égyptienne forte de...

— Il suffit ! trancha Nabuchodonosor. Les partisans de Tahoser auront accompli leur besogne, et les villes tomberont les unes après les autres.

— Cela ne vous donnera ni la Moyenne ni la Haute-Égypte. Les princes de Thèbes n'accepteront jamais un Pharaon de poussière. Vous allez vous heurter à un fort parti de résistance.

Nabuchodonosor croisa les bras et étendit ses jambes, forçant Tirya à reculer.

— J'ai réfléchi à tout cela, et je ne suis pas aveugle au point d'ignorer la menace perse sur mes arrières. Amyitis a raison : Cambyse profitera de la moindre de mes faiblesses pour fondre sur Babylone. Je ne peux pas me permettre d'épuiser mes forces dans une longue campagne en Égypte.

— Alors tout est bien, se réjouit Tirya. Rappelez Amaël-Marduk et laissez Hermès et moi rentrer en Égypte. Vous pourrez garder Tahoser après qu'elle m'aura révélé le nom de ses complices.

— J'ai une autre proposition à te faire, poursuivit le roi en caressant sa barbe. Je prendrai le Delta, sois-en sûre, mais je veux installer sur le trône d'Égypte un monarque de mon sang.

— Votre fils ?

— Oui. Un fils issu de notre union, qui aurait ainsi une double origine royale. Amaël-Marduk, lui, me succédera à Babylone.

Tirya sursauta. Son visage prit une expression abasourdie.

— Vous... vous voulez m'épouser ?

— Tu m'as compris. En attendant que notre fils atteigne sa majorité, tu seras nommée régente d'Égypte. Cela étouffera dans l'œuf toute rébellion.

— Mais... mon père ?

— Il abdiquera en ta faveur.

— Vous oubliez les partisans de Tahoser. Ils n'apprécieront pas d'avoir été joués.

— Ils sont moins nombreux que ceux d'Amasis. Ils te prêteront allégeance ou seront éliminés. Je n'ai guère envie d'offrir le trône à un traître. Tahoser est fille d'un Pharaon déchu. Toi, tu représentes le sang vivant d'Horus. N'as-tu pas été associée au couronnement de ton père ? J'ai besoin d'une Égypte en paix pour pouvoir disposer de mon armée à Babylone.

Tirya secoua la tête, frissonnant d'indignation et de répulsion.

— Vous me demandez de trahir mon père et mon pays. Je ne suis pas Tahoser !

— Au contraire, tu sauves l'un et l'autre. Songe aux malheurs d'une guerre civile si j'imposais un Pharaon sorti de l'ombre.

Tirya chercha ce qu'elle pourrait encore lui rétorquer. À bout d'arguments, elle ne trouva que l'excuse de son âge.

— Vous pourriez être mon grand-père !

— Je ne te demande pas de m'aimer.

Tirya pensa à Hermès. Elle disposait tout à coup d'un moyen pour le tirer d'affaire. Ensuite, elle verrait bien !

— Si j'accepte, abandonnerez-vous votre intention d'envoyer au bûcher les... ?

— Tu n'as ni à accepter ni à refuser, s'emporta Nabuchodonosor, car telle est ma décision ! Aryok, l'officier qui a la garde des condamnés, se chargera demain de pousser tout ce monde dans la fournaise. Et j'ordonnerai de chauffer le feu ardent sept fois plus que de coutume, de façon que les cris s'entendent loin au-delà de ma ville ! Tu seras enfermée dans ta chambre jusqu'à notre mariage, et je ferai retirer de ta portée tout couteau, broche ou épingle afin que l'idée ne t'effleure pas d'abréger le cours de ta vie.

Le roi se leva alors, frappa dans ses mains. Deux soldats surgirent de la galerie où ils attendaient, et empoignèrent Tirya, chacun par un bras.

Quand il ne resta plus personne dans les jardins, hormis un jeune esclave qui finissait d'arroser un carré de lis, une silhouette se découpa dans un créneau de la muraille, à la verticale du grand sycomore. « Nabuchodonosor, maudit chien, je t'empêcherai de réaliser ce projet ! »

14

LA VILLE ARDENTE

La nuit commençait à enténébrer les ruelles de Babylone quand Aryok fit sortir des tours les condamnés. Les Hébreux se rangèrent en colonnes, silencieux comme des ombres. Des soldats les menèrent jusqu'à la plaine des temples au milieu de laquelle un trou immense avait été creusé. Des flammes géantes s'en échappaient, éclairant d'une lumière d'enfer la ziggourat qui se dressait non loin de là. Le feu montait si haut que les sept étages de la tour semblaient animés d'un mouvement dansant. Et ce ronflement ! On aurait cru que la terre s'était mise à gronder et qu'elle allait s'entrouvrir, desséchée, craquelée de partout tant la chaleur était intense. Les habitants de Babylone se pressaient en croissant de lune autour de la fournaise. Des soldats étaient plantés en double protection autour de la place, armes, casques et boucliers rutilant d'or sang. Entouré de ses ministres et de ses officiers, Nabuchodonosor siégeait sur son trône, face à la multitude.

Le roi se leva. Il allait donner l'ordre de jeter dans le feu Daniel et ses trois compagnons, quand les prisonniers entonnèrent une lente mélopée. C'était un chant monotone et lugubre soutenu par des voix graves, entrecoupé de déchirantes lamentations qui retombaient presque aussitôt. La lune devint soudain noire. Les étoiles s'éteignirent une à une. Le ciel cessa d'aspirer les flammes.

Nabuchodonosor somma les Hébreux de se taire, mais un coup de vent emporta ses paroles.

— Tuez-les par l'épée ! commanda-t-il à ses officiers.

L'ordre n'eut pas le temps d'arriver à Aryok que les condamnés cessèrent leur déclamation d'une seule et même voix. Satisfait, Nabuchodonosor fit un signe de la main, annulant son ordre. Il s'apprêtait à exiger que les quatre responsables de la désobéissance soient précipités les premiers dans le brasier quand le ciel tonna et s'alluma de nuées blanches. Un ministre glissa à l'oreille de son roi :

— Un orage se prépare.

— Bah, sourit Nabuchodonosor, mon feu est si puissant qu'aucun élément ne pourra l'éteindre.

Le vent enfla, rabattant les flammes en longues torsades mugissantes qui firent refluer la masse des Babyloniens.

— Ce n'est pas un orage ordinaire, frémit le ministre. On dirait qu'il s'est amassé au-dessus de nous et qu'il met toutes ses forces à...

— Sottises ! s'écria le monarque. Je ferai subir le sort de ces Hébreux à quiconque affichera la plus petite frayeur. C'est un vent de tempête, tout au plus. Il attisera encore la fournaise.

Il plaça ses mains en porte-voix, hurla :

— Jetez Daniel dans le brasier !

Le tonnerre craqua si fort que les murailles de Babylone en furent ébranlées. Une lance de feu tomba du ciel, illuminant le temple de Marduk d'une lueur d'argent. Puis la voûte céleste creva. Des trombes d'eau s'abattirent sur la plaine, roulant en un instant des torrents de boue qui se déversèrent dans la fosse enflammée.

— Jetez-les dans le feu ! Jetez-les tous dans le feu ! s'époumonait Nabuchodonosor tandis que s'élevait un hymne poignant à Yahvé.

Prostrée dans un angle de sa chambre, Tirya ne bougeait pas. Elle pensait très fort à Hermès et laissait s'écouler des larmes brûlantes et silencieuses.

— Hermès est mort... Hermès est mort... hoquetait-elle, brisée de l'intérieur.

Tirya resta un long moment le front sur les genoux, les bras enfermant ses jambes relevées contre sa poitrine. Elle avait l'impression d'étouffer et aspirait à mourir là, lentement, écrasée de douleur. « Non ! se révolta quelque chose au fond d'elle. Ne te noie pas dans le désespoir ! » Elle redressa la tête, bomba le torse, aspira à longs traits. Il fallait réagir ! Venger Hermès ! Détruire l'arrogante Babylone ! Elle courut vers le trépied de bronze supportant une coupelle dans laquelle brûlait de l'huile de roche. Tirya approcha le trépied d'une lourde tapisserie. Les flammes y mordirent aussitôt. Elle renversa ensuite la lampe sur le sol, étirant une langue de feu jusqu'à la porte. Le garde en faction devant la chambre perçut l'odeur de brûlé, renifla, chercha autour de lui. Lorsqu'il vit de la fumée noire s'échapper de sous la porte, il craignit pour la princesse prisonnière. « Pas le temps d'appeler de l'aide, je dois la sortir de là ! » Il poussa le battant, reçut un violent coup sur le crâne et s'écroula sans un cri. Tirya lâcha le trépied, jeta un coup d'œil dans le couloir. Personne. Elle tira la porte derrière elle, longea le corridor en direction de la cour. Plusieurs lampes éclairaient la galerie, que Tirya culbuta les unes après les autres. L'huile de roche, en tombant, éclaboussait les murs, se répandait en longues coulées sur le sol, s'infiltrait sous les portes. Des serpents de feu glissaient sur les dalles, léchaient les colonnes, rampaient dans les coins, et vlouf ! ils embrasaient les tentures, grimpaient aux poutres, noircissaient les briques.

Pour éviter que la reine et son personnel ne périssent dans les flammes, Tirya tambourina aux portes pour les faire sortir. Les cris des gardes qui accouraient achevèrent de semer la panique. La jeune Égyptienne se mêla aux filles qui se bousculaient vers la cour. Des serviteurs s'affairaient déjà à y puiser l'eau des puits, trempés jusqu'aux os par la pluie qui hachait la ville.

— C'est la foudre ! hurlait l'un.

— Impossible ! rétorquait un autre. Elle n'a pas pu tomber à l'intérieur !

— Le palais flambe aussi au nord. C'est la vengeance de ce dieu hébreu !

Tirya profita de l'effervescence pour se couler près de l'escalier qui menait au chemin de ronde, sur les remparts. Les hommes étaient bien trop occupés par les flammes pour se soucier d'elle. Quant aux femmes et aux filles, elles s'échappèrent toutes vers la cour suivante. « Je ne vois pas Amyitis, s'inquiéta Tirya. Pourvu qu'elle ait réussi à quitter ses appartements ! » Elle gravit les marches jusqu'au sommet de l'enceinte, courut s'abriter dans un angle, là où l'ombre était la plus épaisse. Elle fut surprise de l'absence de sentinelles, découvrit alors, en se retournant, qu'un brasier gigantesque coiffait le palais nord. Les flammes se tordaient sous la pluie, s'arrachaient des terrasses, par brassées entières, pour retomber sur le bâtiment voisin. Le vent soulevait des myriades d'étincelles qu'il essaimait telle de la poudre d'or. Loin de l'affaiblir, l'orage semblait curieusement nourrir l'incendie, lui insuffler la vie. Les poutres et les pierres sifflaient avant d'éclater.

— Je comprends, dit Tirya, toutes les sentinelles ont été appelées pour lutter contre le feu.

L'orage se déchaînait autour d'elle. Les éclairs volaient au ras des toits dans un fracas épouvantable, balayant la ville d'une lumière glacée, aveuglante. Tirya alla s'appuyer au rempart sud qui dominait la plaine des temples. La fournaise des Hébreux ne jetait plus que quelques rougeoiements, comme des braises à demi éteintes dans un foyer. « C'est étrange, remarqua Tirya, le vent devrait ranimer la fournaise, or le Nord flambe et le Sud s'apaise. Serait-ce vraiment le feu de Yahvé qui écrase Babylone sous une sphère de flammes ? » Elle resta un moment le regard perdu vers la ziggourat, sans penser à rien, laissant la pluie la pénétrer, la battre jusqu'au fond du cœur. Une présence derrière elle ! Elle se retourna. Tahoser !

La fille d'Apriès tenait un poignard à la main. Les cheveux collés sur le visage, sa fine tunique ruisselante remontée jusqu'aux cuisses, elle offrait l'image de la haine.

— Tu as volé ma place ! ragea-t-elle.

— Je n'ai qu'une envie, c'est de retourner chez

moi, répondit Tirya. Je n'en peux plus. Tout ici me fait horreur : toi, Nabuchodonosor, cette odeur de brûlé... Je suis fatiguée de vos complots.

— Le roi rentre au palais, annonça Tahoser en entendant des roulements de chars sous la muraille. Je suppose que l'holocauste[1] est terminé. Il ne reste plus que toi à tuer.

— Sa colère doit être terrible de voir son palais flamber. S'il me trouve morte, sa fureur ne connaîtra plus de limite. Il comprendra vite que c'est toi l'assassin, et il te fera écarteler par quatre chevaux.

— Je ne crois pas, ricana Tahoser en affermissant l'arme dans son poing. Toi disparue, je redeviens l'élément indispensable de son plan. Je vais même lui suggérer de me prendre pour seconde épouse royale, comme il avait l'intention de le faire avec toi. Tant pis pour le Pharaon de l'ombre, mes desseins dépassent désormais le cadre de l'Égypte.

— Tu oublies Amyitis, fit remarquer Tirya en se décalant légèrement vers le merlon, la partie pleine entre les deux crénaux.

— Qu'elle continue à vivre le nez dans ses jardins ! Si elle me gêne, je n'hésiterai pas à me débarrasser d'elle. Maintenant...

Tahoser plongea sa lame en avant. Tirya se jeta au sol, évita le coup qui vint écailler la pierre. Elle releva brutalement ses jambes, frappa son adversaire au ventre. Tahoser recula, pliée en deux, le souffle coupé, mais elle serrait toujours son poignard. « Fuir ! » fut la première pensée de Tirya. Mais par

1. Sacrifice où la victime était entièrement brûlée.

où ? Tahoser bloquait le chemin de ronde, et une torche courait déjà sur le rempart nord.

La riposte de Tahoser fut aussi violente qu'inattendue. Coinçant son arme entre ses dents, elle plongea sur Tirya, l'agrippa à la gorge. Tirya chercha à se dégager par des soubresauts de tout son corps. Elles roulèrent l'une sur l'autre. Tahoser réussit à se retrouver au-dessus, à son avantage, ses doigts toujours crochetés dans la chair du cou. Tirya mit ses ultimes forces à desserrer l'étau qui l'étouffait. En vain. Son ennemie était animée d'une telle fureur que sa force en paraissait décuplée. Soudain une main empoigna la chevelure de Tahoser, lui renversa la tête en arrière. Une deuxième main lui retira le poignard de la bouche et lui ouvrit la gorge. Tahoser se releva, hébétée, regarda sa robe et ses mains qui se remplissaient de sang.

— Tu as fait assez de mal, estima Amyitis en lui assenant un coup au flanc.

Tahoser essaya de se retenir au mur. Son bras battit l'air dans le vide d'un créneau. La reine la souleva alors par la taille et la projeta par-dessus le rempart. Comme à travers un brouillard, Tirya vit le visage d'Amyitis se pencher sur elle, puis une lumière apparaître dans l'enfilade du chemin de ronde.

— Attention... un garde... articula-t-elle, avec l'impression de prononcer des mots de feu.

Tirya se releva péniblement. Inquiètes, elles regardaient toutes deux la silhouette qui brandissait une torche et qui, tout à coup, se mit à décrire des moulinets de flammes.

— Ce n'est pas un garde, constata Amyitis.

— Her... c'est Hermès... annonça Tirya d'une voix rauque.

Hermès lâcha sa torche qui s'éteignit dans une flaque. Tirya et lui coururent l'un vers l'autre, s'étreignirent, échangèrent un baiser fougueux.

— Mais comment est-ce possible ? demanda la jeune fille, lui palpant la poitrine et les bras pour se convaincre de ne pas rêver.

— Je n'ai pas été emmené avec les Hébreux, expliqua-t-il. Talmôn, un compagnon de chantier, m'a attrapé et a profité du désordre pour me cacher parmi un groupe d'ânes croulant sous des paniers. J'ai marché entre eux pour quitter la place. Les gens regardaient tous du côté des Hébreux, personne n'a remarqué mes jambes au milieu des pattes. Je suis resté caché pendant deux jours.

Tirya et Hermès revinrent vers Amyitis. Le jeune Grec souffla à l'oreille de son amie :

— C'est moi qui ai mis le feu au quartier nord. J'ai profité de ce que la plupart des habitants et des soldats étaient partis assister au supplice des Hébreux pour agir. Leur huile de roche flambe à merveille. Je comptais m'introduire dans le palais à la suite des porteurs d'eau. J'aurais bien fini par te dénicher.

Tirya l'embrassa à nouveau, dans le cou. Elle se serra fort contre lui, répéta :

— Hermès... Hermès...

Quand les deux jeunes gens l'eurent rejointe, Amyitis comprit tout de suite — à l'odeur qu'il dégageait — que c'était Hermès qui avait allumé l'incendie. Elle ne fit aucun commentaire. Elle retira le collier qu'elle portait au cou, le donna à Tirya.

— Il vous servira de sauf-conduit, indiqua-t-elle.

Un navire mède est amarré au port. Il s'appelle *Phraorte*, du nom de mon grand-père. Le capitaine vous cachera le temps de quitter Babylone. Il remontera l'Arahtou[2] jusqu'à Karkémish. De là, vous vous joindrez à une des caravanes qui rallient le port d'Ugarit, en Syrie. La ville possède un comptoir grec. Vous pourrez y embarquer pour l'Égypte.

Tirya la remercia.

— Qu'allez-vous raconter à Nabuchodonosor au sujet de Tahoser et de moi ?

— Rien du tout. Cela fait des années que je n'ai plus rien à raconter au roi. Pourquoi commencerais-je aujourd'hui ? Sachez cependant que si je vous aide à vous enfuir, c'est pour sauver la Babylonie. Nabuchodonosor n'insistera pas si l'Égypte résiste à son assaut.

— Pourvu qu'on arrive à temps pour prévenir Amasis, souffla Hermès. Par quel moyen allez-vous nous faire quitter le palais ?

— Par le chemin de Tahoser, précisa Amyitis en montrant le rempart. Mais il vaudrait mieux sauter du côté du fleuve.

— Sauter ? s'effraya Hermès. Mais l'enceinte a au moins cinquante coudées de haut !

— Nous n'avons pas le choix, dit Tirya. Les soldats vont me chercher dans tout le palais.

Tirya grimpa sur le créneau, incitant Hermès à la suivre. Debout côte à côte au-dessus du vide, ils voyaient l'incendie se refléter dans les eaux de l'Euphrate.

2. Ancien nom de l'Euphrate.

— On dirait un grand cobra noir taché de feu, frissonna Hermès.

Tirya lui prit la main. Ils sautèrent.

Babylone s'abîmait dans les flammes. Un long murmure monta du camp hébreu, s'envola par-dessus les remparts et vint flotter sur la ville. Talmôn et les siens rendaient grâce à Yahvé d'avoir sauvé des flammes le prophète Daniel, ses compagnons, ainsi que les enfants de Juda.

15

L'ARMÉE DES OMBRES

Le chacal s'apprêtait à hurler à la lune quand il perçut une présence autour de lui. Il regarda de tous côtés, inquiet. Il huma l'air, rabattit sa queue sous son ventre, rampa sur quelques coudées, la tête au ras des pierres, puis il détala droit devant lui. Des ombres surgirent de derrière une colline, s'ouvrirent en arc de cercle et s'approchèrent de la ville de Tabne.

— La garnison est dans ce petit fortin, indiqua Moloch, l'homme à la barbe tressée et à l'oreille déchirée. Approchez-vous sans bruit !

Le garde bâillait d'ennui sur son chemin de ronde. Le chacal n'était pas au rendez-vous. D'habitude, l'animal s'arrêtait sur la crête et lançait sa série d'appels à la lune. Les sentinelles lui décochaient des flèches pour le faire taire, mais aucune ne l'avait jamais atteint. C'était devenu un jeu pour l'un comme pour les autres, or cette nuit-là les collines restaient étrangement silencieuses.

— Anubis ne t'a pas lâché, rumina le soldat. Il te garde auprès de lui pour veiller sur les âmes des morts.

L'homme discerna pourtant un léger bruit au pied de la muraille. Il se pencha pour regarder. Reçut une flèche dans l'œil. Il retomba sur le dos.

Tak!... Tak!... Tak!... Lancés avec dextérité, des grappins volèrent par-dessus le mur. Les crochets raclèrent la pierre, s'ancrèrent sur les arêtes ou dans les angles. Les cordes se tendirent. Moloch fut le premier à investir la place. Il apparut dans un créneau, sauta sur le chemin de ronde, se coula le long du rempart et alla se poster près d'un passage qui, se prolongeant par un escalier, conduisait à l'étage inférieur, au niveau des salles.

— Chut! fit-il à ses complices qui le rejoignaient, quelqu'un vient.

Moloch dégaina son poignard, suivit l'approche au bruit des pas. Puis il frappa. Le coup fut si violent que la lame perça la main de l'homme et la cloua sur sa poitrine. Le garde voulut jeter l'alarme mais une massue lui écrasa le nez, l'assommant pour le compte. Moloch retint le corps et l'étendit silencieusement sur le sol.

Les silhouettes s'engouffrèrent dans l'escalier, arrivèrent à la salle où logeait la garnison. Moloch entrebâilla la porte. La pièce, longue et voûtée, était éclairée par des lampes à huile qui jetaient de faibles lueurs tremblotantes. Les sentinelles étaient aussi chargées d'entretenir les flammes. Les soldats dormaient, allongés les uns à côté des autres. Leurs armes étaient appuyées contre le mur du fond. Moloch poussa le battant. Alors ses hommes se ruèrent à l'intérieur en brandissant des haches, des harpês, des massues, des couteaux. Surpris dans leur sommeil, les soldats ne purent résister à l'attaque. Ils furent impitoyablement massacrés au milieu des cris et des hurlements.

En bordure de la ville de Pi-Ramsès, les fondeurs surveillaient la fusion des lingots de cuivre et d'étain. Des ouvriers actionnaient de puissants soufflets pour entretenir un feu de braises continu sur lequel chauffaient de gros récipients. D'autres vérifiaient les moules en argile munis de godets. En y versant une mesure d'étain pour dix mesures de cuivre, ils obtiendraient des têtes de flèche, des pointes de lance, des lames de couteau, des épées en bronze, mais aussi les essieux des chars, ainsi que les casques et les cuirasses des Hommes de Bronze. Car la fonderie de Pi-Ramsès fournissait en armes et en matériel les régiments cantonnés à l'est du Delta.

Les ouvriers crurent tout à coup que le sol se mettait à trembler. Ils cessèrent leur activité, regardèrent autour d'eux.

— C'est un martèlement de sabots, releva un homme, un pied posé sur son soufflet. Un officier doit mener sa charrerie à la manœuvre.

Des chars apparurent, en effet. Ils étaient peu nombreux mais leurs chevaux menaient un tel train que la terre rendait un son d'orage. Les ouvriers allaient reprendre leur besogne quand l'un d'eux s'exclama :

— Hé ! Les soldats sont habillés de noir ! Même leurs chevaux sont noirs ! On dirait des ombres guerrières.

— Ils foncent droit sur nous ! jeta son compagnon d'une voix étranglée.

Tous lâchèrent leurs instruments et s'enfuirent qui à droite, qui à gauche. Les malheureux qui ne couraient pas assez vite ou qui n'avaient pu se trouver un abri furent fauchés en pleine course. Debout dans les nacelles, les hommes faisaient tournoyer leurs longues épées, tranchant tout ce qui était à leur portée. Quand les survivants eurent déserté la place, les assaillants renversèrent le métal brûlant, détruisirent les fours, brisèrent les moules. Ils pénétrèrent dans l'entrepôt où les ouvriers rangeaient les produits fabriqués, cassèrent les essieux des chars à grands coups de pierre et de hache, fendirent les boucliers, cabossèrent les casques et les cuirasses, faussèrent nombre de lames...

— Moloch sera content, conclut celui qui dirigeaient les guerriers inconnus. Éparpillons-nous à présent !

Alerté par les fondeurs, le commandant de la garnison de Pi-Ramsès ordonna aussitôt que la charrerie se lance à la poursuite des attaquants. On attela les chevaux, on monta dans les nacelles, mais sitôt l'attelage lancé à vive allure, les essieux plièrent, les roues se rompirent, les timons s'arrachèrent de leurs attaches. Les chars versèrent leurs occupants, continuèrent à tressauter derrière les chevaux affolés. Des bêtes culbutèrent sur les chars qui se retournaient devant elles, tombèrent pêle-mêle avec les hommes, se brisant les jambes ou l'échine...

— Le matériel a été saboté jusque dans la caserne, constata le commandant. Il y a des traîtres dans nos rangs.

— L'armée de Seth est sortie du désert, s'effraya un soldat. Cela annonce des événements terribles. Terribles !

Les eaux du Nil avaient commencé à libérer la terre, et le limon séchait sur les rives. Les paysans s'activaient à édifier des digues pour retenir l'eau afin de l'utiliser plus tard pour irriguer. À Bast, les deux canaux qui traversaient la ville avaient été fermés dès l'amorce de la décrue ; et leurs rives, surélevées. Pleins à ras bord, ils formaient deux gigantesques bassins intérieurs. Protégé par des murs élevés, le temple de Bastet avait été édifié au fond d'une cuvette et non pas sur un terre-plein comme l'essentiel de la localité, aussi les habitants le voyaient-ils d'en haut. Le sanctuaire abritait la Maison de la divinité, mais également les logements des prêtres, la Maison de la Vie — où se trouvaient la bibliothèque, les archives, les écoles et les centres d'apprentissage, et de nombreux ateliers d'artisans — et les greniers à blé ; de plus, une aile était entièrement réservée aux écuries de Pharaon. Le commandant du régiment de Bast y laissait les chevaux de sa troupe car il estimait qu'ils y étaient plus à l'aise et mieux abrités que dans les casernements.

Cette nuit-là, des ombres armées de pics attaquèrent les digues qui retenaient l'eau des canaux. Postés en sentinelles, des complices veillaient. Après un long travail de sape et de mine, les bords finirent par céder. Ils crevèrent d'un coup. Un torrent bouillonnant jaillit de la brèche, l'élargit, fit s'écrouler une masse de terre aussitôt emportée. L'eau se précipita vers le temple en contrebas. Si les lourds battants de bronze résistèrent à la poussée furieuse, il n'en fut pas de même pour les portes des poternes. Elles volèrent en éclats, projetées de l'autre côté de la muraille. L'eau s'engouffra sous l'enceinte, noya la cour, les bâtiments, s'infiltra dans les silos à grains. Les chevaux hennissaient de panique, lançaient des ruades contre les murs. Arrachés de leur sommeil, les prêtres ne savaient pas de quel côté s'enfuir. Le niveau s'élevait rapidement, et il n'y avait nul endroit où se réfugier.

— Montez sur les pylônes ! hurla le grand prêtre.

Ceux qui savaient nager réussirent à atteindre les pylônes. Les autres se débattaient, coulaient, refaisaient surface, coulaient à nouveau... Des corps flottaient, animés d'un léger mouvement tournoyant, les chevaux ne hennissaient plus, tous noyés sous le flot.

L'eau était noire, comme les silhouettes qui sautaient de joie, perchées près des deux canaux éventrés. Sans chevaux, la charrerie de Bast ne serait plus d'aucune utilité.

À Saïs, Pharaon avait réuni son conseil de guerre. Il marchait de long en large dans la salle, devant ses officiers qui ne savaient plus quels discours tenir. Amasis s'arrêta, regarda son état-major, énonça :

— Tahoser assassinée à Memphis, nos réserves détruites ici même, à Saïs, sous notre nez, la garnison de Tabne décimée, la fonderie de Pi-Ramsès détruite, ses chars sabotés, un régiment privé de ses chevaux à Bast... Quelle nouvelle m'attend au prochain messager ? Busiris ravagée par les flammes ? Tanis enfoncée dans les marécages ?

— Ce sont nos défenses que l'on vise, remarqua un officier du nom de Kendjer qui commandait déjà l'infanterie lors du combat contre Cyrène[1].

— Je sais, répondit Amasis. Reza avait dû découvrir quelque chose à ce sujet, c'est pourquoi on l'a assassiné.

— La mort du grand Échanson et celle du prêtre

1. Voir *Le Complot du Nil*.

de Neith confirment le complot, ajouta Ménélas. L'ennemi se débarrasse de ses pions trop voyants.

Pharaon s'assit sur son siège, posa son menton sur son poing.

— On veut nous affaiblir à l'est, dit-il, sans doute pour préparer une invasion. La répétition de ces attaques sur moins de deux semaines m'incite à penser que l'offensive générale est proche. Je peux affirmer sans me tromper que notre véritable adversaire, c'est Nabuchodonosor ! Les Mèdes et les Assyriens sont domptés, et les Perses sont bloqués de l'autre côté de la Chaldée.

Le commandant Kendjer secoua la tête.

— Je ne comprends pas pourquoi tant de traîtres égyptiens préparent l'asservissement de leur pays à Babylone. Qu'ont-ils à y gagner ?

— Ce sont les partisans d'Apriès, gronda Ménélas. Ils espèrent sans doute le replacer sur le trône en s'alliant à Nabuchodonosor.

— Ils n'auraient pas fait assassiner sa fille ! rétorqua Kendjer.

— C'est cela que je ne comprends pas. Les deux affaires ne sont peut-être pas liées.

Amasis arrêta là les suppositions.

— Nous devons nous préparer à soutenir un assaut. Je veux que toute l'armée fasse route vers l'est et s'établisse de Péluse au canal des Pharaons[2].

2. Vers 600 avant J.-C. le Pharaon Néchao II fit creuser un canal reliant Bast aux lacs centraux (Timsah et Amer). De là, une seconde voie d'eau rejoignait la mer Rouge. En empruntant la branche orientale du Nil, les navires pouvaient donc relier la Méditerranée (à partir de Péluse) à la mer Rouge.

— Nous ne pourrons compter que sur la charrerie de Saïs, rappela Kendjer. Et l'infanterie mettra du temps à couvrir la distance.

— Utilisez des chars à bœufs[3] ! Nous avons suffisamment de chevaux pour les tirer. Il faut simplement changer de timon. Nous réquisitionnerons d'autres argolts en cours de route pour le transport des troupes. Ainsi les fantassins arriveront rapidement sur place.

— Tiendrons-nous face à l'armée de Nabuchodonosor ? s'interrogea Ménélas. Nous sommes tout de même bien amputés de nos forces.

— L'important est de combattre ! déclara Pharaon. Et j'exige de chacun qu'il lutte jusqu'à la mort.

Les officiers comprirent, dans le silence qui s'ensuivit, qu'ils devaient rejoindre leurs unités pour les préparer au départ immédiat. Ils s'inclinèrent, sortirent de la salle. Amasis garda Ménélas auprès de lui.

— Tu soutiens toujours que Tirya est dans la région ? grogna-t-il. Tes recherches n'ont pourtant rien donné.

— Elle a dû trouver refuge chez des parents d'Hermès.

— Lysias serait au courant, or il se ronge les sangs, lui aussi. Si tel avait été le cas, Tirya aurait déjà reparu. Cela fait deux mois qu'Arcélisas est reparti pour Cyrène.

Ménélas réfléchit.

— Elle a pu embarquer sur la Toujours Verte...

3. Les Égyptiens connaissaient deux types de chars : le char de combat ou merkobt, et le char à bœuf ou argolt.

Tiens, je suis persuadé qu'elle et son ami font partie de l'expédition chargée de ramener le blé de l'île des Sicules. Les navires ne devraient plus tarder à présent. Tu retrouveras ta fille en même temps que tes réserves.

— Puisses-tu avoir raison! Mais si nous sommes vaincus, il vaudrait mieux qu'elle n'aborde jamais.

Deux jours plus tard, l'armée quittait Saïs.

Deux ombres suivaient des yeux les chars qui remontaient l'allée des sphinx. Les nobles faisaient piaffer leurs chevaux pour montrer à la population rassemblée qu'ils étaient pleins de fougue et prêts à culbuter l'adversaire. Les fantassins et les Hommes de Bronze étaient répartis par quatre sur les chars à bœufs, et ils tressautaient, mal à l'aise, ayant quelque difficulté à conserver leur équilibre dans les nacelles.

— Amasis déploie une armée d'intimidation, commenta l'un des deux hommes, mais la moitié des fantassins ne tiendra plus sur ses jambes en arrivant sur le bras oriental du Nil. Même si les garnisons des villes frontières envoient des renforts, ce ne seront que des fantassins puisque nous avons détruit les charreries. Ils n'arriveront jamais à temps pour s'opposer à l'avance d'Amaël-Marduk.

— Notre plan fonctionne à merveille, mais il reste un obstacle entre le trône et moi. Quand Tahoser entrera en triomphatrice, appuyée par les Chaldéens, Apriès risque de réclamer le pouvoir en faisant valoir son ancien titre de Fils de Râ. Il faut l'éliminer.

— Moloch n'est plus en Égypte : il a rejoint les forces d'Amaël-Marduk après son action à Tabne.

— Laisse l'avaleur d'ombres. Je veux qu'Apriès

tombe, victime de la colère du peuple. Si tu agis bien, je t'offrirai le poste de chef de la sécurité dans mon nouveau gouvernement.

L'homme sourit, se courba en un simulacre de prosternation.

— Tu seras satisfait, ô Pharaon de l'ombre. Tu peux considérer qu'Apriès est mort.

16

LA MURAILLE DE BOIS

Tirya et Hermès se tenaient à la proue du navire qui faisait voile vers Pegwti[1]. Ils avaient réussi à atteindre Karkémish sans encombre, et s'étaient joints à une caravane, à la barbe des Chaldéens. Trois semaines après avoir fui Babylone, ils étaient arrivés au port d'Ugarit et avaient aussitôt embarqué sur un navire grec en partance pour l'Égypte.

— Cela fait une semaine que nous naviguons sur la Toujours Verte, s'impatienta Tirya. J'ai l'impression de ne pas avancer.

— La mer est douce comme un sourire de femme, dit Hermès. Je prie Zeus qu'elle le reste jusqu'à notre destination.

— Holà, capitaine ! lança-t-elle en se retournant, n'y a-t-il pas moyen d'aller plus vite ?

— À moins de souffler toi-même sur la voile ! répondit l'homme. Mais ne t'inquiète pas, nous n'allons pas tarder à voir apparaître la côte.

Une ligne fumeuse commença à poindre à la limite du ciel et de la mer, puis elle devint un ruban vert bordé d'un liséré de sable.

— C'est l'Égypte ! s'écria Tirya. Je suis si heu-

1. La ville de Canope, à l'ouest du Delta.

reuse de la revoir enfin ! J'ai l'impression d'avoir été absente pendant une éternité.

— Si Arcélisas le Dur t'attend toujours à Saïs, évite de t'enfuir à nouveau par la mer.

Ils étaient debout épaule contre épaule. Tirya s'appuya contre Hermès et susurra :

— Même si c'est Battos le Jeune qui m'accueille au palais, je te promets de m'échapper avec toi. Et cette fois-ci en plein désert.

La côte approchait. Ils naviguèrent bientôt sur des eaux plus troubles, jaunâtres, car le Nil déversait ses flots limoneux dans la Méditerranée. Un promontoire apparut, construit par les alluvions d'un bras du Nil à son embouchure.

— Nous allons vous déposer dans ce village de pêcheurs, avertit le capitaine. Nous, nous poursuivons vers Pegwti.

Alors que le navire se préparait à accoster le ponton, une flottille de six vaisseaux arriva par l'ouest. La première réaction de l'équipage fut de croire à une attaque de pirates.

— Les bâtiments sont trop lourds pour être des vaisseaux de combat, observa le capitaine. Ce sont des navires grecs de commerce.

Le navire aborda donc en toute sécurité. Tirya et Hermès sautèrent sur le ponton, après quoi le capitaine donna l'ordre de repartir. Il sortait du petit port comme les vaisseaux de commerce manœuvraient pour se placer en file avant de s'engager sur le bras du Nil. Les villageois s'agglutinèrent sur la rive pour assister au passage des gros bateaux. Les pêcheurs qui encombraient le fleuve se hâtèrent de remonter leurs filets.

— Où vont ces vaisseaux? demanda Tirya à un officier qui patrouillait avec deux soldats.

— À Saïs! répondit-il. Ces navires apportent les grains tant attendus. Cela fait des jours que nous sommes là à les attendre. Je peux enfin envoyer un messager à...

— Comment? le coupa Tirya. Il n'y a plus de réserves à Saïs?

L'homme lui expliqua que les greniers avaient brûlé, et que l'Égypte était devenue la proie de grands malheurs.

— Nous devons monter sur un de ces navires pour rejoindre Saïs, décréta Tirya. Faites arrêter le premier!

L'officier la toisa. Pour qui se prenait cette fille?

— Je suis Tirya, la fille de Pharaon! annonça-t-elle comme l'homme tardait à réagir.

— La fille de Pharaon? Elle a disparu avec son ami grec. On les a recherchés de Pegwti à Péluse. J'ai moi-même passé des jours à...

— Ne vous fatiguez plus, vous nous avez retrouvés.

Les soldats les regardèrent d'un air incrédule. La jeune fille fournit alors des détails sur son père, sur le palais, sur l'armée, sur la cérémonie du couronnement... toutes choses que n'aurait pu connaître une fille du peuple, encore moins une Grecque, puisqu'elle avait troqué sa longue robe babylonienne contre un chiton, à Ugarit. Hermès jugea bon d'ajouter :

— Je m'appelle Hermès. Mon père est Lysias, propriétaire d'une fabrique de faïences à Naucratis. Vous devez savoir cela aussi, sans doute.

L'officier ouvrit de grands yeux.

— Alors c'est vous... Mais où étiez-vous ? Depuis le temps qu'on espère vous voir revenir à Saïs !

— Raison de plus pour nous faire monter rapidement à bord ! souligna Hermès.

Sur un signe de leur supérieur, les deux soldats grimpèrent dans une barque et allèrent couper la route au premier navire qui s'apprêtait à entrer dans le chenal. Les autres bateaux réduisirent la voilure et s'établirent en position d'attente.

— De quels malheurs parliez-vous ? demanda Tirya en montant avec Hermès et l'officier dans une deuxième embarcation.

Elle redoutait qu'Amaël-Marduk n'ait déjà entamé les hostilités. Tout en ramant, l'homme lui apprit que les Chaldéens se préparaient à envahir le Delta par l'est.

— Alors mon père est au courant, dit Tirya en poussant un gros soupir de soulagement. Il va les arrêter.

— La victoire est loin d'être acquise. Des garnisons ont été attaquées, et leur force d'assaut grandement diminuée. Pharaon tente d'établir en ce moment une ligne de défense le long du Nil, de Bast à Péluse.

— Mon père dispose toujours de ses Hommes de Bronze. Les Chaldéens les craignent par-dessus tout.

— Les mercenaires grecs sont des fantassins, rappela l'officier. Or c'est la charrerie qui nous fait défaut. L'ennemi, lui, a son armée intacte.

Tirya se tut un instant, plongée dans une profonde réflexion. La barque arriva à la hauteur du navire de tête.

— Emmenez ces deux jeunes gens à Saïs ! ordonna l'officier au capitaine appuyé sur le bastingage.

Comme le bonhomme grommelait entre ses dents, mécontent d'avoir été obligé de s'arrêter, l'officier précisa :

— Elle est la fille de Pharaon !

L'homme ravala sa grogne, fit monter les jeunes gens à son bord.

— Nous n'allons plus à Saïs, décida Tirya, mais à Péluse.

Le capitaine la dévisagea, croyant avoir mal entendu.

— La cargaison est à destination du palais, signala-t-il.

— En tant que princesse héritière d'Égypte, je vous ordonne de nous conduire à Péluse. Mon père aura besoin de blé pour nourrir son armée.

Comme le capitaine était encore indécis, elle assena :

— Le fils de Nabuchodonosor a l'intention de s'emparer du Delta. Que pensez-vous qu'il fera de vos navires s'il y parvient ? Les Grecs ne seront pas mieux traités que les Égyptiens. Avez-vous des armes ?

— Quelques glaives, des casques, des boucliers. De quoi résister aux pirates. Mais nous ne sommes pas des soldats.

— Je ne vous demande pas de vous battre. Je veux simplement que vous participiez à votre manière à la défense de ce pays.

Tirya lut la question dans le regard de l'homme.

— Contentez-vous de longer la côte jusqu'à

Péluse. Puis vous vous engagerez dans le bras oriental du Nil. Je vous expliquerai à ce moment-là ce que j'attends de vous. Faites vite, le temps nous est compté.

Le capitaine aboya ses ordres. Le pilote actionna son gouvernail latéral, le navire tourna sur sa quille. Les capitaines des autres vaisseaux hélèrent leur compagnon, surpris du changement de cap. Les phrases volèrent d'un bateau à l'autre, pas toujours bien comprises. Néanmoins, la flottille se recomposa, chaque bâtiment voguant dans le sillage de l'autre.

— Qu'est-ce que tu as derrière la tête ? interrogea Hermès comme la côte défilait à nouveau. Je ne crois pas à ton histoire de livrer du blé à l'armée en campagne. Moi qui voulais laisser enfin la mer à d'autres...

Tirya posa la main sur la nuque de son ami, l'attira à elle. Elle approcha la bouche de son oreille, murmura :

— Écoute...

Le lendemain, Tabne flambait. Les habitants qui n'avaient pu s'enfuir avaient été massacrés, les autres couraient encore. Depuis deux jours qu'il était entré en Égypte, le vide se creusait devant Amaël-Marduk. Aucun régiment égyptien ne volait au secours des villageois, préférant assurer la défense des villes, et les soldats chaldéens pillaient à leur aise.

— Tu as bien travaillé, dit Amaël-Marduk à Moloch qui se tenait dans le char à côté du sien.

— Amasis nous opposera la charrerie de Saïs, certifia Moloch, mais elle ne sera appuyée par aucune autre. Nous l'écraserons sans mal.

— Quand ses fantassins et ses Hommes de Bronze arriveront, nous aurons déjà vaincu Pharaon et ses chars. Nous les culbuterons à leur tour, et la voie vers Saïs sera grande ouverte.

— Je croyais Tahoser avec vous, s'étonna Moloch.

— Elle est à Babylone. Elle gagnera sa capitale quand l'Égypte se traînera à mes pieds.

Les troupes d'Amaël-Marduk étaient dotées de chars, alliant ainsi rapidité et mobilité. Les engins avançaient par rangs de quatre, étirés sur une grande distance. Les soldats étaient vêtus d'un long manteau par-dessus lequel ils avaient enfilé l'arc et le carquois. Ils portaient un casque ceint d'un cimier de plumes rouges, un bouclier rond et une pique terminée par une pointe en cuivre.

À l'approche de Pi-Ramsès, lovée derrière le bras oriental du Nil, des éclaireurs apparurent entre deux collines et poussèrent leurs chars jusqu'au-devant de l'armée.

— Les villageois se sont réfugiés dans la ville, annoncèrent-ils, et les portes ont été fermées.

Le général Amaël-Marduk balaya la difficulté d'un geste de la main.

— Nous briserons sa résistance. La cité de Ramsès le Grand ne sera plus que cendres après notre passage. Nous allons prendre position sur la rive, indiqua-t-il en se tournant vers ses officiers. Envoyez des escouades abattre des arbres. Traînez les troncs jusqu'au fleuve puis liez-les ensemble de façon à former de grands radeaux. Nous les démonterons une fois que toutes nos forces auront traversé. Alors nous utiliserons les troncs comme béliers pour enfoncer les portes de la ville !

L'armée chaldéenne s'établit le long de la rive. Un peu avant le soir, les radeaux furent poussés à l'eau, et le transbordement commença : hommes, chars, chevaux, matériel furent entassés sur les bacs maniés à la perche. C'est alors qu'un navire surgit d'un méandre du cours d'eau. Puis un deuxième ! Un troisième ! Il en vint six qui foncèrent droit sur les Chaldéens abasourdis. Le navire de tête heurta un radeau de plein fouet. Le choc disloqua les troncs. Soldats, bêtes et équipement furent précipités dans les flots. Les autres radeaux réussirent à esquiver le vaisseau mais, disposant de peu de place pour manœuvrer, ils furent percutés par les suivants. Le dernier navire frôla la berge et fracassa en enfilade les quelques radeaux encore en bord de rive.

Sidéré, Amaël-Marduk vit disparaître une partie de son armée sous cette formidable muraille de bois venue s'interposer entre la ville et lui. L'air résonnait de cris, de gémissements, de hennissements. Des cadavres remontaient à la surface, des chevaux essayaient de nager mais ils finissaient par couler, entraînés vers le fond par le poids de l'attelage et du char. C'est alors qu'un martèlement sourd monta du ventre des navires : le son de glaives en bronze frappés contre des boucliers. Des ordres furent jetés en langue grecque. Des hommes casqués se montrèrent au bordage.

— Des Hommes de Bronze ! s'étrangla Amaël-Marduk. Amasis a reçu des renforts de la Grèce !

La panique creusa des remous dans les rangs chaldéens. Un hurlement s'éleva soudain sur leurs arrières.

— Les Égyptiens !

Amaël-Marduk se retourna. Les collines fumaient au sud. Elles se noircirent rapidement d'une multitude de chars, puis elles donnèrent l'impression d'onduler vers la plaine. Amaël-Marduk lança à Moloch un regard assombri par la fureur.

— D'où Amasis sort-il autant de chars ? ragea-t-il.

— Je ne comprends pas, bredouilla Moloch qui ne quittait pas des yeux la vague déferlante.

Les Chaldéens n'attendirent pas d'être enfermés pour tourner bride. La garnison de Pi-Ramsès se résolut enfin à quitter ses murs pour se précipiter sur les assaillants qui avaient réussi à prendre pied sur leur rive.

— J'aime être bien servi, grommela Amaël-Marduk en encochant une flèche à son arc. Je ne pardonne pas l'échec.

Moloch prit peur. Une peur terrible. Il bouscula son maître d'attelage, saisit les rênes et voulut lancer ses bêtes au galop. La flèche lui sectionna l'épine dorsale. Il s'affaissa sur les genoux, le buste incliné sur la rambarde de la nacelle.

La charrerie d'Amasis perça le flanc de l'armée de Babylone, la scindant en deux. Les Hommes de Bronze sautèrent de leurs chars à bœufs, heureux de retrouver le sol. Ils s'alignèrent sur trois rangs pendant que les Nubiens, un genou à terre, arrosaient l'ennemi de leurs flèches. Les chevaux des Chaldéens s'écroulaient par dizaines, les chars volaient par-dessus les bêtes, s'imbriquaient les uns dans les autres dans une confusion monstrueuse. Alors les Hommes de Bronze chargèrent, la pique en avant, appuyés par les fantassins égyptiens. Les chars d'Amasis s'écartèrent, se déployèrent sur l'autre flanc pour de nouveaux coups de boutoir.

Grimpée sur l'étrave de son navire, coiffée d'un casque trop grand pour elle, Tirya brandissait un glaive et un bouclier, les bras écartés en signe de victoire.

— Ayyyeeeh ! cria-t-elle pour accompagner la déroute de l'adversaire.

— Tu fais une belle figure de proue, reconnut le capitaine. On dirait Athéna. Tu es aussi rusée qu'elle. Les Chaldéens ont vraiment cru que nous étions des soldats grecs cachés dans les navires.

Hermès s'égosillait à côté d'elle. Toute sa tension passait dans son hurlement car il avait craint, un moment, que les radeaux qui avaient échappé au premier choc ne permettent à l'ennemi de prendre d'assaut les navires. Le combat dura peu, Amaël-Marduk ne cherchant pas à résister afin de préserver son armée de l'anéantissement. Ses chevaux l'emportèrent vers l'est et ils disparurent bientôt au bout de l'horizon.

— C'est Tirya, là-bas, qui gesticule à la proue du bateau, remarqua Pharaon en revenant vers la ville.

— J'avais raison, se rengorgea Ménélas qui menait son attelage à la hauteur de celui de son souverain. Elle était à l'île des Sicules puisque la voilà de retour sur un de ces navires.

— Mais comment a-t-elle su qu'on se battait ici ? Son arrivée a été providentielle.

— Isis a dû lui accorder un peu de sa magie, à sa

naissance. Ta fille n'a pas fini de nous étonner. On la verrait voler un jour que cela ne me surprendrait qu'à moitié.

Amasis arrêta son char au bord du fleuve. Les grands vaisseaux venaient de s'amarrer au quai de Pi-Ramsès. Tirya traversa dans une bachole, courut se jeter dans les bras de son père.

— Sais-tu que j'ai failli épouser Nabuchodonosor ? commença-t-elle.

— Bien sûr, rumina Ménélas dans sa barbe. Il paraît aussi que les chameaux ont des ailes, en Orient.

17

LE PHARAON DE L'OMBRE

Apriès fronça les sourcils. Quelles étaient ces clameurs devant le palais ? Contre qui vociférait la population de Memphis ? Il tourna la tête, interrogea du regard le garde qui se tenait près de la porte. Ninétis profita de l'inattention de son père pour pousser son pion d'une case sur la table ronde du jeu du serpent[1].

— Va voir ! dit Apriès au factionnaire.

L'homme sortit de la pièce, revint aussitôt avec son supérieur.

— C'est une émeute, annonça l'officier. Le peuple réclame votre tête.

— Pour quelle raison ? s'effraya le Pharaon déchu.

— Il s'imagine que vous êtes responsable de l'attaque des Chaldéens. Que vous auriez fait alliance avec Nabuchodonosor pour récupérer votre couronne.

— Il imagine mal ! s'exclama Ninétis. Il ne suffit pas que nous ayons perdu le trône et Tahoser, il nous faut encore perdre l'honneur...

— Quelqu'un aura habilement excité la foule contre moi, supposa Apriès.

— C'est Amasis et sa peste de fille ! siffla Ninétis. Ces deux-là sont prêts à tout pour salir notre nom.

1. Semblable à notre jeu de l'oie.

— Pharaon est en train de combattre l'envahisseur, déclara l'officier. Qu'il vainque ou qu'il succombe, le peuple gardera de lui une image magnifiée ! Il n'a pas besoin de vous abaisser pour être grand.

— Devons-nous alors nous planter la tête dans le sable et supporter les insultes ?

La réplique de Ninétis attendait une réponse. Apriès se leva.

— Je vais aller parler à cette meute et la calmer.

Ils quittèrent la salle, mais alors qu'Apriès allait se diriger vers une terrasse, l'officier lui recommanda de paraître plutôt sur le seuil de la porte.

— Le peuple se taira dès que vous serez devant lui. Si vous vous tenez hors de sa portée, il pensera que vous avez peur, et cela peut redoubler sa colère.

Apriès hésita, puis il se rangea à l'avis de l'officier. À ce moment des pierres crépitèrent contre la façade du palais.

— Que font les gardes ? s'inquiéta Ninétis. Pourquoi ne repoussent-ils pas la populace ?

— Elle reviendrait plus forte et plus déterminée. Vous devriez regagner vos appartements, conseilla l'officier à la jeune femme.

Ninétis refusa, mais un ordre de son père, sec, cinglant, l'amena à l'obéissance. Elle s'éloigna dans le couloir, un garde sur les talons.

— Ouvrez la porte ! commanda l'officier.

Les battants s'écartèrent. La foule se tut en apercevant son ancien Pharaon. Apriès avança sur le perron, bomba le torse pour donner une impression de puissance.

— Referme, murmura l'officier au gardien de la porte.

L'homme eut une mine étonnée.

— Mais... aucun soldat ne l'accompagne ?

— Referme ! répéta l'officier d'un ton plus dur.

La lourde porte claqua derrière Apriès. Il se retourna, eut une bouffée de panique en se rendant compte que sa retraite était coupée. Il donna un coup de poing sur le bois pour réclamer l'ouverture de la porte. Le peuple gronda dans son dos. Apriès regarda à nouveau la foule, mais il avait perdu toute superbe. La peur lui sortait par les yeux. Quelqu'un cria alors :

— À mort le traître !

Des insultes volèrent. Puis des pierres. Et ce fut la ruée ! Apriès eut beau hurler qu'il n'était pas coupable, il fut écrasé contre le battant. Les coups se mirent à pleuvoir sur lui comme grêle de printemps. Il tomba. On l'attrapa par ses vêtements, on le tira en arrière, on l'amena au centre de la masse. Chacun voulait frapper, porter le coup qui arracherait un cri de douleur. Une lame jaillit et perça le cœur du vieux Pharaon.

Quand la vague reflua, repue de sa fureur, Apriès gisait dans son sang.

Victorieuse, l'armée égyptienne pénétrait dans Saïs. Debout à côté de son père, dans son char, Tirya n'en finissait plus de narrer, détail après détail, les péripéties de son aventure. Pharaon était fier de sa fille. Il fallait remonter au moins à Ahotep[2] pour trouver une princesse qui avait contribué à sauver l'Égypte d'une domination étrangère.

— Tu vois, termina-t-elle, je suis digne du trône.

2. Princesse de Thèbes qui décida de résister à l'occupation des Hyksos au XVIe siècle avant J.-C.

Tu pourras te reposer sur moi pour traiter tes affaires étrangères.

— J'y penserai, sourit Amasis. Connaîtrais-tu un moyen pour apaiser le ressentiment d'un certain fils du roi de Cyrène ?

— Qu'il épouse une Libyenne ! rétorqua-t-elle du tac au tac. Cela évitera peut-être les heurts continuels entre les tribus du désert et la cité.

Pharaon goûta la repartie.

Monté dans le char de Ménélas, Hermès suivait Tirya et son père. Lui aussi rayonnait. Amasis l'avait félicité devant toute l'armée, et Ménélas avait commandé un martèlement de boucliers en son honneur. « Tu es à Tirya ce que je suis à Amasis », avait-il déclaré. Mais Hermès espérait bien plus.

Les chars arrivèrent devant le temple de Neith. Une foule délirante était massée de part et d'autre ; elle agitait des palmes et criait le nom de Pharaon. Des gardes la contenaient de chaque côté de la grande allée des sphinx, l'empêchant d'aller se jeter dans les jambes des chevaux. Pnoum et d'autres prêtres attendaient devant le temple. Les chars de tête s'arrêtèrent devant le sanctuaire.

— Gloire à Amasis ! entonna Pnoum en élevant les bras. Sa victoire sur les Chaldéens fait de lui le véritable protégé d'Horus. Gloire aussi à Tirya, reprit-il en s'adressant directement à elle, que je suis heureux de voir réapparaître plutôt que Tahoser !

Tirya tressaillit. Sa main se crispa sur le rebord de la nacelle.

— Comment savez-vous que Tahoser n'était pas morte ?

Sa question était presque un cri. Les regards convergèrent sur le grand prêtre.

— Mais... par les messagers ! répondit Pnoum. Ils ont annoncé votre venue avant que...

Tirya ne le laissa pas finir.

— Il n'y a que mon père, Ménélas, Hermès et moi pour savoir que la fille d'Apriès n'a pas été tuée à Memphis. Un autre était au courant, bien entendu : celui qui comptait s'asseoir auprès d'elle sur le trône d'Égypte.

Les gens alentour avaient fait silence, sentant que quelque chose de grave se déroulait. Tirya inspira une grande goulée d'air, pointa son doigt sur Pnoum et déclara :

— C'est vous le Pharaon de l'ombre !

— Tu es folle ! se défendit le grand prêtre, quêtant un appui auprès de ses servants.

— Si tu n'es pas le principal responsable, tu es au moins son complice, poursuivit Pharaon, encore ébranlé par la révélation. J'ai les moyens de te faire parler.

Ménélas n'attendit qu'un signe pour bondir sur l'homme et le maîtriser.

— N'espérez aucun secours de Tahoser car elle est morte, renchérit Tirya. Elle a laissé sa vie sur les remparts de Babylone.

Pnoum s'effondra à la nouvelle. Il donna l'impression de se dégonfler, puis exhala son dépit :

— Les dieux ont établi leur choix. Mais à résister contre les peuples de l'Orient, tu conduiras l'Égypte à sa perte, prédit-il à Pharaon. Il aurait mieux valu, pour la paix future, qu'un seul maître domine du Nil à l'Arahtou... Ne cherche pas ailleurs ce qui se trouve devant toi : je suis bien le Pharaon de l'ombre.

Dans les jours qui suivirent l'interrogatoire de Pnoum, Amasis fit procéder à de nombreuses arrestations, tant à Saïs qu'à Memphis et dans certaines villes de Basse et de Haute-Égypte. Pnoum et les assassins eurent la tête tranchée. Leurs hommes de main furent condamnés aux mines. À ceux qui s'étaient rendus complices par de menus services, on coupa le nez et les oreilles. Un scribe nota que la liste des conspirateurs était si longue que si Pharaon avait voulu exécuter tout le monde, il aurait privé le pays d'un tiers de son administration.

— Et pour conclure, mon père a décrété que Ninétis vivrait désormais avec nous au palais ! se rebella Tirya. Il ne veut pas employer une escouade de gardes pour elle seule à Memphis. Tu te rends compte, s'emporta-t-elle, il m'a même demandé de la traiter comme une sœur !

Hermès chercha à l'apaiser.

— Bah, tant qu'il n'a pas exigé de toi que tu la considères comme une amie... Tu ne vas pas t'enfuir du palais à cause d'elle ? s'inquiéta-t-il tout à coup.

— Mm... j'hésite... On voit que tu ne la connais pas. C'est une teigne !

— Noie-la dans le bassin aux lotus à la première occasion ! Pousse-la dans la fosse aux crocodiles ! Glisse un cobra dans son lit !

Tirya eut un petit rire.

— Que tu es bête !

Ils étaient sur l'une des terrasses du palais et dominaient la ville. Le jardin s'étendait sous eux, avec ses allées tranquilles, ses bassins endormis, ses haies ombragées. Tirya posa sa main sur l'épaule d'Hermès, puis s'abandonna contre lui.

— Tu te souviens, sur les remparts de Babylone...

— Oui. Je n'avais jamais fait un tel plongeon.

— Idiot !

Tirya inclina la tête, posa le front contre la joue de son ami. Hermès ressentit un picotement dans la poitrine, le rythme de son cœur s'accéléra. Il prit la jeune fille par la taille, tourna son visage vers le sien... À ce moment, les battements secs d'un tambourin crépitèrent au pied de la terrasse.

— Ohé ! appela Sehouna. Regardez comme je danse bien !

Les jeunes gens soupirèrent, se penchèrent pardessus la rambarde. La fillette exécuta quelques pas au rythme de son tambourin, pivota sur un pied, leva une jambe, rejeta ses épaules en arrière, se trémoussa dans la lumière du soleil.

— Elle est belle, notre Sehouna, releva Hermès en admirant sa jeune nudité ambrée. Sais-tu qu'elle m'a proposé de la prendre pour seconde épouse ?

— Ah bon ? s'étonna Tirya. Et qui sera la première ? Une oie de jardin ?

Le ton était vif, piqué.

— Mais...

— Tu as tout le temps d'y réfléchir ! jeta Tirya en quittant la terrasse.

Hermès la regarda partir d'un air désolé. « Tapatapata ! » Le tambourin de Sehouna martelait une petite danse frétillante de malice.

Les principaux souverains de Babylone

Sumu-Abum (1894-1881) : Fondateur de la première dynastie de Babylone.

Hammourabi (1792-1750) : Sixième roi de Babylone, il reconstitue un empire unitaire en soumettant progressivement les États rivaux. Il établit un code de lois.

Samsu-Iluna (1750-1712) : Successeur d'Hammourabi, il poursuit son œuvre administrative. Sous son règne, les Kassites commencent à menacer l'empire de Babylone. Ils occupent la cité après la chute de la première dynastie sous les coups des Hittites (en 1595).

Karaindash (1471-1445) : Roi kassite, il construit un temple à Uruk.

Kurigalzu Ier (1390-1379) : Roi kassite, il veut faire de Babylone une puissance universelle. Il construit une ville nouvelle à l'est de Babylone, ainsi qu'un palais décoré de peintures.

Par la suite, Babylone est mise à sac par les Assyriens, les Hourrites (peuple installé sur le cours supérieur du Tigre) et les Élamites (peuple à l'est du Tigre inférieur, au nord du golfe Persique).

Nabuchodonosor Ier (1137-1104) : Il assure la revanche de Babylone en détruisant Suse (capitale des Élamites) et en y reprenant la statue captive de son dieu Marduk.

Mardukapaliddin II (721-710 et 704-703) : Roi chaldéen, il s'empare de Babylone. Il est chassé par Sargon II d'Assyrie, mais y revient à la mort de ce dernier, pour être à nouveau chassé par Sennachérib.

Nabopolossar (625-605) : Fondateur de l'empire néobabylonien, il fait alliance avec les Mèdes pour attaquer les Assyriens. Il détruit Ninive, leur capitale, en 612.

Nabuchodonosor II (605-562) : Fils de Nabopolasar, il déloge les Égyptiens de Syrie à la bataille de Karkémish et les repousse jusqu'à Péluse lorsqu'il apprend la mort de son père. Il est couronné à Babylone le 23 septembre 605. Il est obligé d'entrer en campagne militaire presque chaque année dans les régions méditerranéennes pour mater une rébellion après l'autre : il lui faut en effet soumettre à l'impôt les Phéniciens, les Arabes de Petra et les Juifs de Judée. En 601, la chronique babylonienne relate une bataille indécise entre la Babylonie et l'Égypte.

En 598, le roi de Juda, Jojachim, refuse de payer le tribut babylonien. Il meurt juste avant l'arrivée des troupes de Babylone. En mars 597, Jérusalem est prise, et le nouveau roi Eliaquin est déporté avec trois mille Juifs. Son frère Sédécias le remplace sur le trône. Au début de 588, le royaume de Juda s'unit à l'Égypte ainsi que Tyr et Sidon, et se révolte contre Babylone. En 587, l'armée de Nabuchodonosor met le siège devant Jérusalem et la ville tombe une nouvelle fois le 27 juillet 587.

Sédécias est amené devant le roi de Babylone qui le condamne à avoir les yeux crevés après avoir assisté à l'égorgement de ses enfants. Le temple de Jérusalem est détruit, la ville pillée, et la majeure partie de la population est emmenée en exil à Babylone.

En tant qu'allié des Mèdes, Nabuchodonosor prend part à une lutte contre la Lydie. Le 28 mai 585, pendant une grande bataille entre Alyatte, roi de Lydie, et Cyaxare, roi des Mèdes, sur les bords de l'Halis, se produit une éclipse de soleil. Cet événement est considéré comme un signe divin et la paix est décidée entre les deux belligérants grâce à l'arbitrage de Nabuchodonosor qui en profite pour occuper la Cilicie (région au sud de l'Asie Mineure). En 573, après treize ans de siège, Nabuchodonosor s'empare de la ville de Tyr. En 568, alors que le Pharaon Amasis vient à peine d'être installé sur le trône d'Égypte, le roi de Babylone attaque la ville de Tabne, à l'est du Delta, mais il se fait repousser.

Nabuchodonosor est aussi un grand bâtisseur. Il protège son empire par l'édification d'une ligne fortifiée entre le Tigre et l'Euphrate et renforce les défenses de Babylone par la construction du mur extérieur aux briques estampées. Il continue la restauration et l'embellissement des villes commencés par son père, et dote Babylone de nouveaux bâtiments : il agrandit le palais de son père et le flanque du sien, masse énorme de murs épais et de salles nombreuses autour de cours centrales, il élève la porte d'Ishtar, rebâtit l'Ésagil — ou temple de Marduk —, pave la voie processionnelle et crée les jardins suspendus. Il meurt de maladie en 562.

Amaël-Marduk (562-559) : Fils de Nabuchodonosor, il ne règne que trois ans car il est assassiné par son beau-frère Nériglissar.

Nériglissar (559-556) : Au bout de quatre ans de règne, il laisse le pouvoir à son jeune fils qui se montre si cruel que ses amis l'éliminent au bout de neuf mois en le torturant à mort.

Nabonide (555-539) : Surnommé le roi archéologue, il se déplace souvent et laisse le gouvernement à son fils Balthasar. Il se brouille avec le clergé de Marduk et s'attache au culte du dieu Lune, Sin. En 539, il envoie son armée arrêter Cyrus II, le roi des Perses qui marche sur Babylone, mais au lieu de le combattre, l'armée se rallie à Cyrus en l'acclamant comme son grand libérateur.

Les principales divinités

Adad, dieu de l'Orage, le taureau est son animal attribut.

Anu, dieu du Ciel.

Apsu, nom donné à l'abîme des eaux douces.

Enlil, « Seigneur Souffle », dieu de l'atmosphère, appelé aussi ***Bêl***.

Enki, dieu de la Sagesse, de la Magie, de la Civilisation et des Hommes.

Innana, épouse d'Anu, identifiée à la planète Vénus.

Ishtar, déesse de la Guerre chez les Assyriens, mais les Babyloniens la voient comme une déesse maternelle et protectrice. Le lion est son animal attribut.

Lamashtu, déesse démoniaque, fille d'Anu, qui tourmente les malades.

Marduk, dieu patron de Babylone et divinité agraire. Son animal attribut est le dragon-serpent cornu, et son emblème la bêche pointue.

Nabu, fils de Marduk, dieu patron des scribes.

Nanna (ou Sin), dieu Lune, fils d'Enlil.

Nergal, dieu du Soleil brûlant.

Ninmah, déesse du Monde inférieur.

Ninurta, dieu de l'Ouragan, fils d'Enlil.

Nusku, dieu du Feu, fils d'Enlil.

Pazuzu, démon à tête grimaçante, invoqué pour chasser les mauvais esprits qui tourmentent les malades.

DOSSIER

BABYLONE « La porte du Dieu »

Son histoire

Mentionnée dès le XXIIIe siècle avant J.-C., Babylone est peuplée de Sémites de langue akkadienne. Tombée sous la domination de Sargon l'Ancien dont l'empire s'étend de l'Iran à la Syrie, Babylone et d'autres cités-États se révoltent contre la dynastie d'Akkad car la Mésopotamie, plus compartimentée et moins close que l'Égypte, se prête moins qu'elle à l'ambition unificatrice des grands souverains. Après une longue période troublée, Babylone devient un important centre administratif durant la dynastie d'Our qui exerce sa suprématie sur la Mésopotamie centrale et méridionale au XXIe siècle avant J.-C.

Au XVIIIe siècle, Babylone est la capitale du royaume des Amorites. Hammourabi (1792-1750) est le plus grand souverain de cette dynastie appelée dynastie amorrhéenne. Il construit un empire immense comprenant toute la Mésopotamie, depuis le golfe Persique, avec les pays de Sumer et d'Akkad, unis désormais sous le nom de Babylonie, jusqu'au nord de l'Assyrie et au nord-ouest de la Haute-Syrie. Hammourabi est à l'origine de la rédaction d'un code de lois qui régit le droit et les institutions.

Pillée par les Hittites en 1595, Babylone est

ensuite dominée par les Kassites (un peuple montagnard du Zagros — une chaîne de montagnes qui sépare le plateau iranien de la plaine de Mésopotamie) qui introduisent l'usage du cheval et du char de guerre. Les Élamites renversent les Kassites en 1160 avant J.-C. et s'imposent à leur tour à Babylone. La cité ne retrouve son indépendance qu'en 1137, quand Nabuchodonosor Ier chasse les Élamites et détruit leur capitale, Suse.

Pendant le premier millénaire avant J.-C. la cité tombe sous la coupe des Assyriens, mais les rébellions se multiplient, si bien que les Assyriens la détruisent à deux reprises, en 689 et en 648.

En 625 avant J.-C. Nabopolossar se proclame roi de Babylone et s'allie aux Mèdes pour combattre l'Assyrie et détruire leur capitale Ninive (en 612). Il fonde l'empire néo-babylonien (ou chaldéen) dont son fils Nabuchodonosor II sera le souverain le plus important. En 605, l'Assyrie est définitivement vaincue par Nabuchodonosor II, en dépit de l'intervention du Pharaon Néchao II que les Babyloniens écrasent à Karkémish. Nabuchodonosor étend ses conquêtes en Palestine et en Phénicie. Le royaume de Juda s'étant soulevé contre lui à l'instigation de l'Égypte, Nabuchodonosor prend Jérusalem (en 597 puis en 587) et déporte à chaque fois une partie de la population juive à Babylone.

Sous les rois Nabonide et Balthasar, l'empire décline et devient une province perse après la conquête de Cyrus II (en 539 avant J.-C.) qui libère les Juifs et fait de Babylone la capitale de l'empire des Achéménides (les rois perses successeurs de Cyrus). Au Ve siècle, Darius Ier et Xerxès Ier préci-

PLAN DE BABYLONE

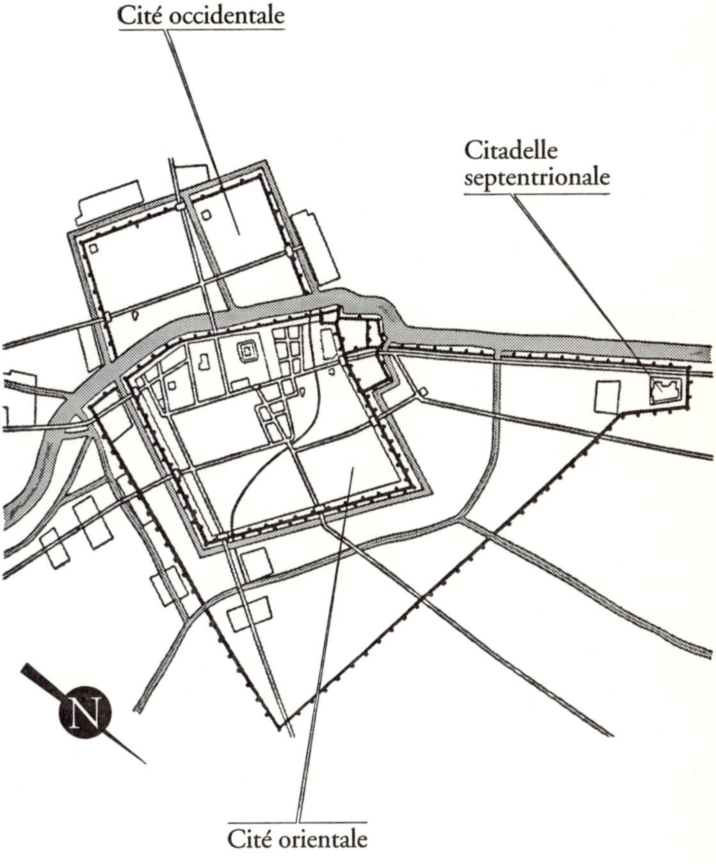

pitent le déclin de la cité en réprimant des révoltes constantes. Alexandre le Grand s'en empare en 331, la choisit comme capitale de son empire, mais il y meurt en 323. Séleucos Ier l'abandonne au profit de Séleucie, nouvelle capitale fondée en 300. Par la suite, Babylone tombe sous la coupe des Parthes, en 126 avant J.-C. puis, pour un temps, sous celle des Romains vers 100 de notre ère. Aujourd'hui, il ne reste de Babylone que des ruines.

La cité

Forte de cent mille âmes, Babylone s'étend sur plus de deux kilomètres sur les deux rives de l'Euphrate, mais les principaux édifices se trouvent sur la rive orientale. Une enceinte extérieure — appelée Nimitti-Bêl « Installation de Bêl » —, longue de dix-huit kilomètres, entoure un territoire presque inhabité qui sert de refuge aux paysans en temps de guerre. Cette enceinte double, formée de deux murailles reliées par une masse de terre, est renforcée au nord par une forteresse haute de vingt-deux mètres qui protège le palais du roi. Une seconde enceinte intérieure — appelée Imgur-Bêl « Bêl a été favorable » — en forme de quadrilatère, longue de huit kilomètres et doublée par un canal, défend l'agglomération proprement dite. Cette enceinte intérieure est percée de huit porte placées sous la protection de divinités. Des tours consolident les murailles tous les cinquante mètres.

Puis viennent des banlieues de vastes jardins et de quartiers populeux, réparties de chaque côté du fleuve dans les villes occidentale et orientale. Séparant les deux villes, une avenue processionnelle, bordée de murs de briques émaillées avec des figures de lions, mène jusqu'à la porte d'Ishtar. Cette porte est décorée de figures de dragons en briques polies et de taureaux en briques émaillées. Sitôt franchie la porte d'Ishtar, on découvre à l'est le temple de la déesse Ninmah construit par Assourbanipal. À l'ouest, la voie longe le palais royal protégé par d'épaisses murailles.

Le **palais royal** est organisé autour de cinq cours ouvrant sur des habitations ou des salles de réception. Passé le vestibule se trouve la première cour entourée par des bâtiments attribués à la garnison. Par une succession de trois portes, on atteint la deuxième cour bordée au sud par les habitations du personnel de l'administration ainsi que par les bureaux. Un portail monumental permet d'accéder ensuite à la troisième cour, la plus grande (60 m sur 55 m), qui donne au sud sur la salle du trône. De là, on arrive à la quatrième cour avec les appartements de réception et la chambre du roi (toujours au sud). Le quartier des femmes entoure la cinquième cour, avec les salles de réception et les chambres à coucher (au sud).

Le personnel domestique, dans chaque zone, est fixé au nord des cours. Ainsi, tout en étant proche des maîtres à servir, il se trouve isolé et tenu à la distance voulue par l'étiquette.

À l'angle nord-est du palais se trouvent les fameux jardins suspendus appelés à tort les jardins de Sémiramis. Ils sont l'œuvre de Nabuchodonosor II pour son épouse mède Amyitis qui, obligée de vivre dans

PLAN DU PALAIS

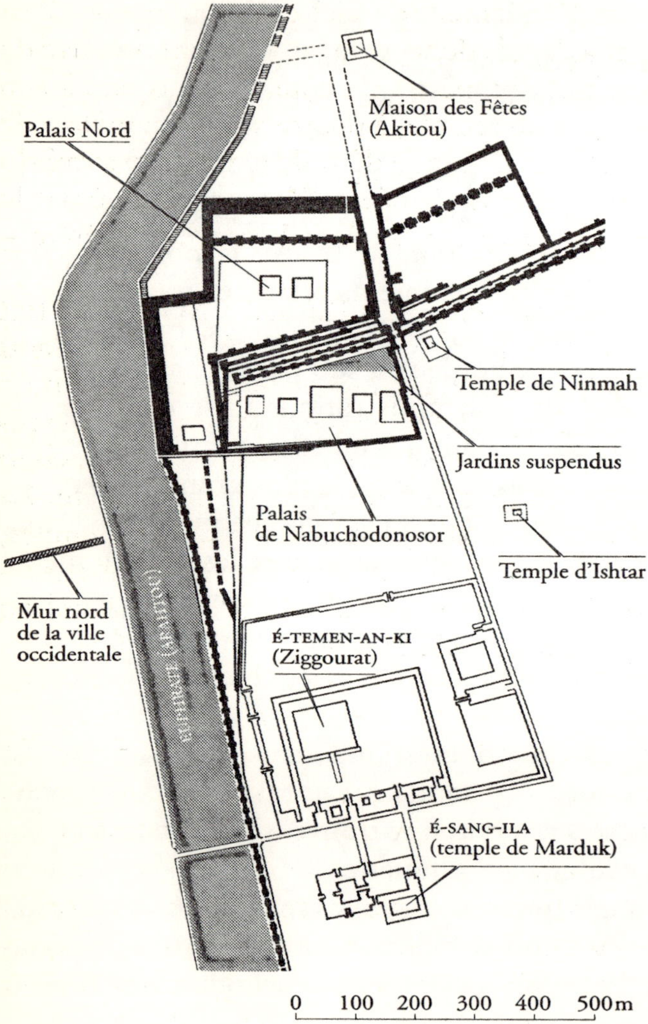

la plaine de l'Euphrate, a la nostalgie de ses montagnes et de ses forêts de Perse.

Après le palais royal, la voie processionnelle passe devant le temple d'Ishtar, à l'ouest, puis conduit à l'Etemenanki — la ziggourat. Son nom signifie « Maison Fondement du ciel et de la terre ». C'est une tour à degrés de sept étages, formant un carré de quatre-vingt-dix mètres de côté, et couronné à son sommet par un temple, à quatre-vingt dix mètres de hauteur. C'est là que se déroule le mariage sacré du dieu Marduk et de la déesse Zarpanit, mimé par le roi et la grande prêtresse dans le cadre des cérémonies du nouvel an.

La voie mène ensuite à l'Esagil « Maison au toit élevé » ou temple de Marduk, porté à son plus haut degré de splendeur par Nabuchodonosor II qui ne ménage ni l'or, ni les pierres précieuses, ni l'orfèvrerie. De là, la voie se coude à angle droit, en direction de l'ouest, et aboutit à un pont sur l'Euphrate. La même voie se prolonge au sud vers deux temples, dont le temple Bit-Akitu édifié hors de la ville et où se déroule chaque printemps la fête du nouvel an (*Akitu*) qui dure douze jours.

Table des matières

Sources bibliographiques

L'Art antique du Proche-Orient, Mazenod, 1977.
Voyage au cœur des grandes civilisations, EFSA, 1998.
La Grande Aventure de l'archéologie, Robert Laffont, 1979.
Précis d'histoire ancienne, Presses Universitaires de France, 1971.
Mythologies classiques, Larousse, 1963.
Babylone : « Découvertes », Gallimard, 1994.
Histoire de l'Art, Grange Batelière, 1975.

Alain Surget

L'auteur est né à Metz en 1948. Il commence à écrire dès l'âge de seize ans du théâtre et de la poésie. Instituteur, il continue des études à l'université, et devient professeur en 1977. Il se tourne alors vers le roman. Marié, père de trois enfants, il aime se déplacer dans toute la France à la rencontre de son public.

Si l'Égypte vous fascine retrouvez d'autres héros par le même auteur dans la collection Castor Poche Flammarion.

L'œil d'Horus
L'assassin du Nil
Le maître des Deux Terres
Le cavalier du Nil
Houni, bâtisseur de pyramides

Et bien sûr l'aventure de Tirya déjà parue :
Le complot du Nil

Retrouvez Tirya dans une nouvelle aventure :

Le trône d'Isis

Nagado parvint au sommet d'une petite butte et se dirigea vers une haie de sycomores. Il jeta un bref coup d'œil autour de lui : les paysans étaient tous dans leurs champs, à terminer les récoltes en ce mois de mésori de shemou[1]. Les femmes et les enfants menaient les vaches et les pourceaux derrière les hommes afin que les bêtes broutent les chaumes restés sur pied. La terre jaune se découpait par bandes au milieu d'une forêt de papyrus qui ondoyait à perte de vue. Ceinturée par un mur de briques crues, la ville de Saïs s'étendait au pied de la butte, sur la rive droite d'un bras du Nil. Du haut de son promontoire, Nagado repéra le grand temple de Neith relié au palais par une longue avenue bordée d'arbres. Regroupées autour du palais et du sanctuaire, les maisons paraissaient étouffer tant elles étaient pressées les unes contre les autres, imbriquant leurs terrasses et leurs cours dans un jeu d'ombre et de lumière blanche.

Nagado sortit une flèche de son carquois, l'encocha, banda son arc, visa le ciel. La flèche monta haut, droit vers le soleil, comme pour le transpercer, puis elle incurva sa trajectoire et piqua vers la ville.

1. Le dernier mois de la chaleur : du 14 juin au 13 juillet.

— La mort vole, silencieuse, coulée dans l'air. Aussi sûre et redoutable que la morsure du cobra. Ses crochets de fer vont pénétrer en toi, Pharaon Amasis, et t'arracher une souffrance terrible. Terrible !

Allongée sur la margelle du bassin dans le jardin du palais, à l'ombre d'acacias et de saules, Tirya lisait un texte à haute voix :

— Tu dors, Nausicaa !... la fille sans souci que ta mère enfanta ! Tu laisses là, sans soin, tant de linge moiré ! Ton mariage approche ; il faut que tu sois belle et que soient beaux aussi les gens de ton cortège ! [2]

Une oie trompeta dans son dos. La jeune fille se retourna, découvrit la petite Sehouna qui l'observait avec une mine étonnée. La surprise de la gamine était telle qu'elle laissa le troupeau d'oies s'égailler dans toutes les directions.

— Tu parles et tu lis le grec ? remarqua Sehouna sur un ton admiratif.

Tirya sourit.

— Hermès m'a enseigné sa langue ; il a recopié ce texte sur un morceau de papyrus. Il désire me faire connaître le long poème d'Homère retraçant le retour d'Ulysse dans sa patrie. C'est une façon de me lier à l'histoire de son pays.

— Hon, hon, grogna Sehouna qui préférait de loin courir après les oies qu'étudier. Ça va te servir à quoi ?

— À rien ! claqua la voix tranchante de Ninétis, la fille de l'ancien Pharaon Apriès.

2. L'Odyssée : chant VI.

Elle sauta dans le bassin en prenant bien soin d'éclabousser Tirya.

— Cette crapaude ne sait même pas plonger, maronna Tirya comme Sehouna s'asseyait à côté d'elle.

— Elle l'a fait exprès. La voilà qui réapparaît sous un nénuphar. Si elle croit qu'on ne la voit pas...

— Ninétis se comporte comme une bête des marais : l'œil au ras de l'eau, le reste dans la vase. Tiens, je vais t'apprendre les lettres grecques, poursuivit Tirya en déroulant entièrement son papyrus.

Sehouna fit une moue. Apprendre, toujours apprendre ! Elle s'en tira par une pirouette.

— Le texte que tu lisais parle de quoi ?

— Du mariage prochain d'une jeune fille appelée Nausicaa.

— D'un mariage ? Alors Hermès n'a pas choisi le passage au hasard.

Tirya lui décocha un regard en coin.

— Qu'est-ce que tu insinues ?

— Boooh, tout le monde sait que vous vous aimez.

— Ah bon ? s'écria Tirya, feignant l'étonnement. Hermès est un très bon ami, et sans lui...

— Ta-ta-ta-ta ! coupa Sehouna en tendant son visage dans la lumière du soleil. Ne me raconte pas n'importe quoi !

— Tu n'as pas laissé entendre, la dernière fois, que c'est toi qui comptais l'épouser ? [3]

— Je serai sa seconde épouse, déclara la fillette

3. Voir Le Pharaon de l'ombre.

avec le plus grand sérieux. Et toi tu siégeras à côté de lui, sur le trône d'Isis où s'assied la reine.

Il y eut un froissement d'eau, comme lorsqu'un crocodile refait surface.

— Aucun Grec ne sera jamais Pharaon ! cracha Ninétis en émergeant tout près d'elles. Suis cependant le conseil de Sehouna, ajouta la jeune femme en s'adressant à Tirya, épouse ton éphèbe et va-t'en vivre avec lui dans une lointaine colonie. Finalement, tu as raison d'apprendre le grec !

Tirya l'empoigna par les cheveux, lui enfonça la tête sous l'eau.

— Quant à toi, chante donc ta sérénade au prince des crapauds ! Si j'ai refusé de me marier avec le fils du roi de Cyrène et avec le roi de Babylone, ce n'est pas pour aller m'enterrer loin de l'Egypte. Je suis princesse héritière, par Osiris ! Je régnerai après mon père, comme le fit Hatchepsout.[4]

Sehouna se pencha au-dessus du bassin.

— Elle gigote, elle manque d'air, elle va étouffer.

— Elle barbote, rectifia Tirya. Elle va expirer son trop-plein de rancœur avec son filet de bulles. Là, regarde, elle gargouille déjà. Chaque bulle qui crève est un mot de colère. Oh la la, bouche-toi les oreilles ! Même le dieu Seth n'a jamais exprimé une telle fureur à travers le grondement de ses orages.

Tirya finit par la lâcher. La tête de Ninétis jaillit hors de l'eau. Elle happa l'air par saccades, bouche grande ouverte, les cheveux plaqués sur la figure. Elle ramena ses cheveux en arrière, s'essuya le visage

4. Fille de Thoutmosis 1er, elle régna sur l'Egypte après la mort de son époux Thoutmosis II, de 1471 à 1456 avant J.-C.

avec les mains, tenta d'invectiver la jeune fille mais elle ne réussit qu'à bredouiller des bribes de phrases entrecoupées de halètements rauques. Quand elle eut retrouvé sa respiration, Ninétis s'éloigna à larges brasses. Elle se hissa sur l'autre bord, appela sa servante pour qu'elle vînt la sécher.

— Sa voix est pleine de rage, commenta Sehouna. Je suis contente que Pharaon ne m'ait pas attachée à son service. Elle va se défouler sur la pauvre Salsa.

— Quand je pense que mon père m'a demandé de la traiter comme une sœur, psss... !

Sitôt sèche, Ninétis se drapa dans une longue écharpe de lin fin et ordonna à Salsa d'aller quérir sa masseuse.

— Dans ma chambre ! précisa-t-elle. Pas dans le jardin !

Sehouna pouffa de rire ; elle glissa à l'oreille de Tirya :

— La dernière fois, Ninétis attendait sa masseuse à l'ombre des hibiscus, étendue sur le ventre, mais c'est un singe qui est venu lui pincer les fesses. Depuis ce jour, elle se fait frictionner dans sa chambre.

— Quel dommage de ne pas l'avoir su plus tôt ! s'exclama Tirya. J'aurais peuplé le bassin de poissons-chats, et Ninétis se serait contenté de plonger dans sa baignoire.

— Moquez-vous, mais je prendrai bientôt ma revanche ! leur cria Ninétis. Le temps des rêves est terminé ! Attends-toi à une surprise de taille, Tirya, fille de Ténet !

Puis elle partit, raide, sans se retourner et sans égard pour les oies qui revenaient par petits groupes.

— Qu'est-ce qu'elle mijote? réfléchit Tirya. Ninétis n'est pas aussi dangereuse que l'a été sa demi-sœur Tahoser, mais... Pourquoi a-t-elle évoqué ma mère décédée?

— C'est vrai, renchérit Sehouna, elle aurait dû dire Tirya, fille d'Amasis. C'est comme si elle ne te reconnaissait plus en tant que fille de Pharaon.

Tirya suivit Ninétis des yeux jusqu'à ce qu'elle disparût au détour d'une allée plantée de perséas. Troublée, elle laissa errer son regard sur le jardin, ne s'attachant ni aux jardiniers qui arrosaient les massifs de fleurs, au loin, ni à la mangouste qui jouait avec un chiot près d'un appentis. C'était un regard chagrin, un regard lourd du souvenir de sa mère et teinté d'une pointe d'inquiétude. Des jeunes filles apparurent en compagnie de deux joueuses de flûte : c'étaient les filles des dignitaires venues s'ébattre à leur tour dans les eaux fraîches du bassin. Elles saluèrent Tirya, gratifièrent Sehouna d'un sourire, d'une parole aimable, d'un petit signe amical, puis elles se dévêtirent, entrèrent dans l'eau, se mirent à s'asperger en riant comme des gamines. Les deux musiciennes s'accroupirent à côté de Tirya et embouchèrent leur instrument.

— Je n'ai pas envie de musique, leur dit Tirya d'une voix lasse.

— Tu veux que je danse pour toi? proposa Sehouna en bondissant sur ses pieds.

Elle commença à se déhancher, écarta les bras, les fit onduler pour imiter le mouvement de deux serpents. Tirya l'arrêta d'un geste.

— Tu es gentille, mais cette peste de Ninétis a

réveillé une douleur au fond de moi. J'ai envie d'être seule.

— Ce n'est pas le bon remède à la mélancolie, princesse, assura Touni, la fille de Negeb, le chef de la Maison des Grains. Laisse-moi te chanter l'histoire drôle du renard des sables qui avait invité l'hirondelle à un festin.

L'attention était délicate, le conte portait à rire, pourtant Tirya refusa poliment.

— Voilà Méris ! avertit Sehouna en apercevant la vieille nourrice de Tirya qui se hâtait dans l'allée. Elle doit avoir quelque chose d'important à te dire.

Tirya se leva et rejoignit la vieille femme. Aussitôt les flûtes égrenèrent des notes claires et joyeuses dans son dos.

— Ton père veut te parler, annonça Méris.

Tirya se dirigea vers une pergola chargée de vigne, mais la nourrice lui indiqua que son père l'attendait dans la salle du conseil, non dans ses appartements.

— Tiens, s'étonna la jeune fille, c'est un entretien officiel, du Pharaon à l'héritière ? La Cour est convoquée, elle aussi ?

— Amasis achève son conseil à l'instant. C'est Horkhouf, l'assistant du scribe des audiences, qui m'a avertie.

— Pourquoi Horkhouf n'est-il pas venu lui-même jusqu'à moi ?

— Le jardin est à l'heure des femmes ! rappela Méris. Les hommes n'y sont pas autorisés quand les belles se baignent.

— C'est comme cela qu'on reste vieille fille ! déclara Tirya sans réfléchir.

Elle se mordit les lèvres, consciente de sa bévue.

CET OUVRAGE
A ÉTÉ ACHEVÉ D'IMPRIMER
SUR ROTO-PAGE
PAR L'IMPRIMERIE FLOCH
À MAYENNE EN SEPTEMBRE 2003

Dépôt légal : septembre 2002
N° d'édition : 1357. N° d'impression : 58150.
ISBN : 2-08-161357-3
Imprimé en France.

Loi n° 49-956 du 16 juillet 1949
sur les publications destinées à la jeunesse.

Photocomposition C*MB* Graphic
44800 Saint-Herblain